三劍客

總導讀

打開世界文學經典，進入生命的另一個層次！

——新樹幼兒圖書館 館長 蔡幸珍

文學經典之所以成為經典，是因為這些世界名著經過時間的淘洗與淬煉之後，能歷久不衰並轉化成各種形式的「變裝」，例如：卡通、電影、芭蕾舞蹈、音樂、漫畫、手機遊戲、桌遊……等，繼續活躍在這世界的舞台上。

時代會變，社會在進步，科技也以十倍速更新，然而亙古以來的人性卻沒有顯著的變化，幾百年前能感動、震撼、取悅、療癒人心的世界名著，在幾百年後，依然能深深打動世人。

完整的文學經典出版計畫

小木馬文學館這一系列的世界文學經典作品，是由日本第一流的兒童文學研究家，以及國內的傑出譯者以生動活潑的現代語言譯寫，並且附有詳細的注釋、彩頁插畫、作者介紹、人物關係圖、故事場景和地圖……等等。從這些規畫與細節，可以看到編輯群的用心與貼心。

每個時代的生活用語與文物不盡相同，書中圖文並茂的注釋讓讀者能跨越時空、地理與文化的差異，減少與文字的距離和陌生感，更容易進入故事的時空情境當中。書中的介紹讓讀者了解作者的生平與創作背後的故事；人物關係圖釐清了解各個角色之間的關係，譬如：《希臘神話》中的哪個天神和誰生下了誰，誰又是誰的兄弟姊妹，這個英雄又有何來頭，天神之間錯綜複雜的關係，一張人物關係圖就能幫助讀者腦筋不打結；故事場景和地圖則提供清晰的地理線索，不論是將來實地去故事誕生之地拜訪遊玩，或是在腦海中遨遊都格外有趣。這些林林總總的補充資料，我稱它們為「作品懶人包」，讓讀者無需上網一一去搜尋相關的背景資料，提供了一條深入了解作品的捷徑。

體驗經典的文字魅力

閱讀小木馬文學館一本又一本的世界名著時，我彷彿坐上時光機，回憶起與這些「變裝」後的世界名著相遇的點點滴滴。

《湯姆歷險記》以卡通的型態出現在老三臺的電視裡，吹著口哨的湯姆計誘朋友以珍藏的寶貝來換取刷油漆的工作，湯姆．索耶聰明淘氣的形象深深的烙印在我的腦海中；《紅髮安妮》每隔十幾年就被翻拍成電視劇或是電影《清秀佳人》；《格列佛遊記》藏身在國小的課文中，一年又一年，格列佛在課本裡，全身被釘住，上百支箭射向他；我在舞台上遇見了《莎士比亞故事精選集》中的羅密歐與茱麗葉；《悲慘世界》以音樂劇的形式在我的心中投下震憾彈；《偵探福爾摩斯》則讓年少的我躺在涼椅上抱著書不放，度過一整個暑假。我與希臘眾神的相遇則是在台東大學兒童文學研究所的「神話與童話」課堂中、在希臘愛琴海上的克里特島上。

小時候的我，看過「變裝」後的世界名著，現在再讀小木馬文學館以「書」的形式登場的這些名著時，著實被這些作品的文字魅力深深吸引住。「書」和卡通、電視電影等影音媒體大大不同，以水果來比喻的話，書就是水果，而卡通、電影是果汁。看書像是吃原味的水果，而看卡通、電影就像喝果汁，有些營養素不見了，口感也不同了！

比方說，在《湯姆歷險記》卡通裡，看不到馬克．吐溫寫的「不好的回憶就像寫在海灘上的字，幸福的大浪一捲來，馬上就消失無蹤。」在《清秀佳人》卡通裡，看不到「我現在來到人生的轉角了，雖然走過轉角後不知道前方會有什麼在等待著，但我相信一定是燦爛美好的未來，這又是另一種樂趣了。」這樣精采的字句，因此我誠心建議曾經與「變裝」世界名著相遇的人，千萬別錯過原著的文字世界。

閱讀，讓生命變得不同

小木馬文學館將這一系列世界名著的定位為「我的第一套世界文學——在故事中體驗冒險、正義、愛、歡笑與淚水」，兼具趣味性、易讀性、知識性、文學性，並展演出各式各樣的人性，冀望能為小讀者開啟人生第一道文學之門。我也極力推薦大人們和小朋友一起閱讀這系列書，一起聊聊書，在書中探索人心的神祕、奧妙與幽微之處，也一起認識這世界的種種不幸與美好。

法國的符號學者羅蘭．巴特說：「閱讀不是逐字念過而已，而是從一個層次進入另一個層次的過程。」

我也認為閱讀是一種化學變化，讀一本書之前和讀了一本書之後，讀者的生命將變得和原本不一樣了。看《悲慘世界》時，可以看到未婚生子的女工在底層環境裡養育孩子的辛苦，了解社會底層人士的生活樣貌；讀了《紅髮安妮》之後，也可以學習安妮正向樂觀的生活態度，對生活保持高度好奇心，並對周遭世界施以想像的魔法，讓世界變美麗！看《湯姆歷險記》時，才知道在現實生活中自己可能是乖乖牌席德，但內心其實很想扮演湯姆．索耶，偶爾淘氣、搗蛋、半夜去冒險。

書本能誘發我們的人生成長，而經典更絕對是最佳的催化劑。打開書吧，讓我們透過一本本世界文學經典的引領，進入生命的另一個層次！

前言

刻劃男性的友誼、勇氣和忠心的歷史小說

《三劍客》的故事發生在十七世紀的法國，是一部以歷史上的真實事件為背景的作品，裡頭出現許多實際存在的人物。

主角達太安的人物原型，是真有其人的同名火槍隊副隊長，而路易十三世、安妮王后、黎塞留樞機主教、白金漢公爵等人，更是歷史上知名的人物。

作者大仲馬於一八〇二年，生於巴黎東北方的維萊科特雷小鎮。他本來就是一名活躍的劇作家，後來又對撰寫多數人都喜歡看的歷史小說產生興趣。一八四四年，他歷時四個月在報紙上連載這部《三劍客》。

這部作品大獲讀者好評，出版單行本之後更加受歡迎，與同一時期發行的《基督山恩仇記》都是世界聞名的名著。

《三劍客》最吸引讀者的地方，在於精準的刻劃了主角達太安與三位火槍手之間的深刻友誼、無所畏懼的勇氣，還有對國王、王后的忠心，沒有絲毫贅述。

故事發生的時代本來就動盪不安，在這樣的時代背景下，大仲馬更是充分發揮他豐富的想像力，把各種歷史事件環環相扣，讓故事更增添趣味。另外，各個角色在作者輕快的筆觸下，比實際的人物更加活靈活現，也是這部作品的一大魅力所在。現在就讓我們一起來讀讀達太安與三劍客的精采故事吧！

第四部　拉羅歇爾之戰

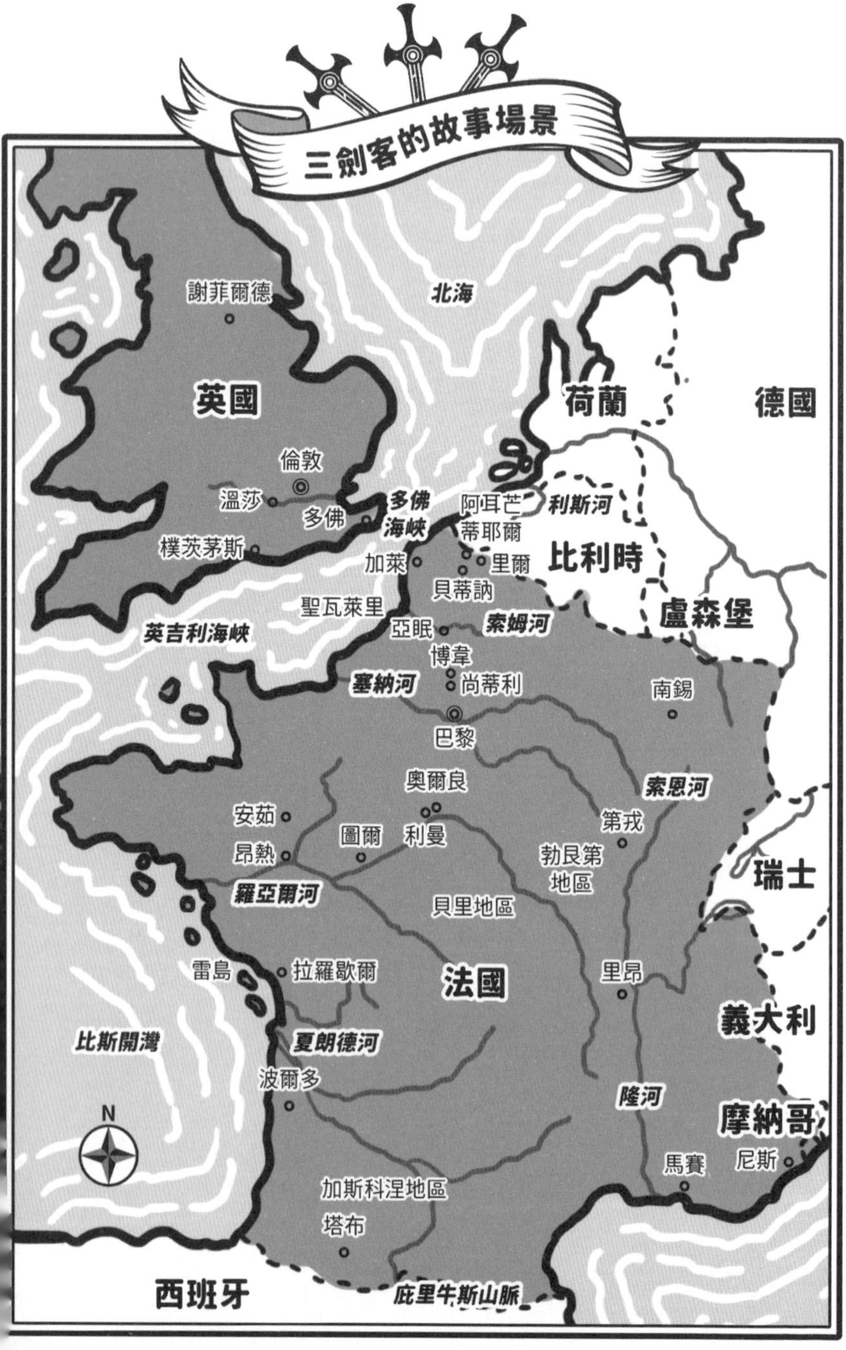
三劍客的故事場景
北海
謝菲爾德
英國
荷蘭
德國
倫敦
溫莎
多佛
多佛
海峽
阿耳芒
蒂耶爾
利斯河
比利時
樸茨茅斯
加萊
里爾
貝蒂訥
聖瓦萊里
盧森堡
英吉利海峽
亞眠
索姆河
博韋
塞納河
尚蒂利
南錫
巴黎
奧爾良
索恩河
安茹
第戎
圖爾
利曼
昂熱
勃艮第
地區
瑞士
羅亞爾河
貝里地區
雷島
拉羅歇爾
法國
里昂
義大利
比斯開灣
夏朗德河
波爾多
隆河
N
摩納哥
尼斯
馬賽
加斯科涅地區
塔布
西班牙
庇里牛斯山脈

第一部　達太安離家去

前往巴黎

一六二五年四月的某一天，法國鄉下的一個叫**默恩**的小鎮發生了一起大騷動。看著婦女驚慌失措、孩子們嚎啕大哭，鎮上所有男人都以為又有戰爭爆發了，紛紛扛起**長矛和火槍**，趕到法蘭磨坊旅館。

在**那個時代**，國家仍然動盪不安，經常發生內亂或與外國的爭戰。不過，男人們來到旅館前一看，全都鬆了一口氣。旅館前雖然擠滿大批的圍觀人群，不過看來並沒有發生戰爭。

原來只是旅館前有個年輕人不停對著一名穿著氣派的騎士在咆哮。這名年輕人體格健壯，五官也很端正，但是他的服裝稱不上氣派。他雖然戴著**有羽毛裝飾的貝雷帽**，但是帽子上都是灰塵，衣服也褪了色。他腰間上佩帶的**劍**也太長，和他不太相稱。

年輕人牽著一匹馬，那匹馬長得頗奇怪，毛質和毛色都不太好，尾巴磨禿了，腿上還長了膿瘡，走起路來垂頭喪氣，頭垂得和膝蓋一般低。

這個年輕人名叫達太安，出生於法國南部的**加斯科涅地區**。

達太安的父親是加斯科涅的老貴族，他要離家時，父親對他說：

「孩子啊，這匹馬十三年前在這裡出生，一直都是我們家把牠養大的，也是你心愛的馬兒，將來不管你再怎麼窮，也絕對不能把牠交給別人，知道嗎？」

「是，我知道了，我會謹守您的吩咐。」

接著，父親說：

默恩（第17頁）
位於巴黎西南方約一百二十公里，靠近奧爾良的小鎮。那裡有古老的中世紀寺廟。（參閱卷首地圖）

「這把是祖先傳下來的寶劍。」然後將手中那把長劍交給達太安，並說：

「你到達巴黎，就立刻去見特雷維爾大人。特雷維爾大人是**親衛火槍隊**隊長，**路易十三世**陛下對他的信任自然不在話下，就連法國最有權力的首相——**黎塞留樞機主教**大人也要敬他三分。不過，你在特雷維爾大人面前可不能畏畏縮縮啊。他是我從小到大的好朋友，一定會提拔你的。你要注意，千萬不能玷污我們家多年來的名聲，對任何事都要鼓起勇氣面對。現在這個世道，想要出人頭的只能靠勇氣了。我能給你的餞別禮就只有十五**埃居**、這匹馬，還有這些叮嚀了。好了，帶著這封給特雷維爾大人的介紹信到首都去吧。」

「請您放心。我一定會出人頭地的，父親！」

長矛和火槍（第17頁）

長矛是長的棍棒前端裝上細長利刃的武器。十七世紀使用的的火槍是從槍口裝入火藥和子彈，再用打火石碰撞金屬起火、射出子彈。每次使用後得重新填裝彈藥才能再發射的單發長槍。

就這樣，達太安精神奕奕的從他出生的故鄉——**塔布**小鎮出發了。

經過長途跋涉，達太安在默恩的法蘭磨坊旅館前下了馬。旅館的老闆和伙計看他不是什麼高貴的客人，並沒有出來迎接。

達太安抬頭看見一樓半掩的窗後有位蓄著鬍子、穿著氣派的騎士與另外兩名男子說話，看來談得頗開心。

達太安忍不住豎起耳朵仔細聽。結果，一聽之下才發現那名騎士正在大肆批評達太安的馬。

「我從來沒看過毛髮這麼古怪、這麼矮小的馬哩。」

那兩個像是騎士部下的男子捧腹大笑。

達太安大動肝火，忍不住大聲咆哮：

「躲在窗後笑的那位先生，你不如出來這裡笑給我

那個時代（第17頁）

指一六二〇年代中期。當時的法國有舊教徒（天主教）和新教徒（基督新教）的鬥爭，或是地區的統治者反抗國王。市民生活當中，也幾乎每天發生竊盜事件和鬥毆。另外，由於英國支援法國新教徒的根據地——港口城市拉羅歇爾，而與法國關係緊張，戰爭一觸即發。

聽聽吧。」

那名騎士慢條斯理的走了出來，態度狂妄自大。

「我可沒對你說話啊。」

年輕的達太安怒氣衝天：

「你沒對我說話，但是我在對你說話！」

騎士輕蔑的一笑，轉身就要離開之際又說了一句：

「看來這匹馬也不是沒人要，牠年輕時想必是一身漂亮的金色毛髮吧。」

這句諷刺的話，惹火了達太安。

「竟敢嘲笑我的馬，我忍無可忍了！」

「我平常可不是笑口常開的人，不過，我想笑就笑，你管不著。」

有羽毛裝飾的貝雷帽
（第17頁）

當時的法國流行戴這種圓形、平坦、沒有帽緣的帽子，並裝上鴕鳥、鷺鷥、天堂鳥等鳥類羽毛做為裝飾。

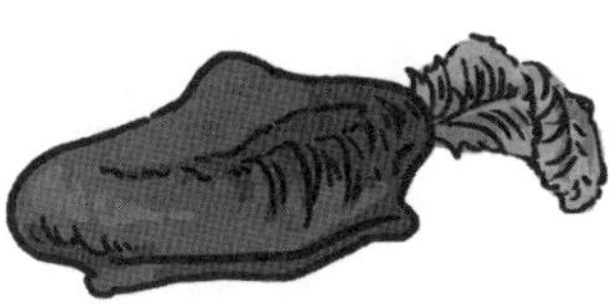

「我可不想被嘲笑！」

對方從鼻子哼的笑了一聲，打算再走回旅館。達太安大喊一聲「休想逃」，便追了上去。

「轉過身來！否則我可要從背後襲擊你了。」

對方迅速轉身，鄙夷的瞪著達太安。

「想跟我決鬥？小老弟，你是認真的嗎？」

騎士話還沒說完，達太安的劍就朝他的鼻子刺了過來。

騎士急忙往後跳開，同時拔出他的劍架在胸前，氣定神閒的說：

「你這不要命的小夥子，真的要打嗎？」

「廢話，我要把你的頭砍下來！」

這時候，騎士的兩名部下和旅館老闆都跑來助

劍（第17頁）

前端尖銳且細長的西洋刀。用來刺傷或砍傷對手。又稱軍刀。

加斯科涅地區（第18頁）

指位於法國西南方，西臨大西洋的比斯開灣、南接庇里牛斯山脈的地區，靠近法國與西班牙的國界。

（參閱卷首地圖）

陣。他們抄起棍棒、鏟子、**火鉗**等傢伙，對達太安一陣亂打。

鎮上的男人聚集過來，正好趕上這場騷動。

達太安試圖向騎士進攻，但是一直沒辦法靠近他，沒多久就已精疲力盡，最後甚至連劍也被打飛了。

就在達太安心想「糟了！」的瞬間，一棒正好打在他的額頭上。達太安血流滿面，當場倒地不起。

圍觀的人驚呼聲四起，慢慢靠近達太安身邊。

「他死了嗎？」

「只是暈過去而已吧。」

「真可憐，他還只是個孩子啊。」

旅館老闆擔心事情鬧大，急忙把達太安抬進廚房。

親衛火槍隊（第19頁）

由路易十三世編成的騎兵、步兵的精銳部隊，站在一般的騎兵隊和國王的貼身護衛前面，目的是偵察敵情。因為他們可以配上新的輕型滑膛槍，所以被稱為「火槍手」。

　　達太安暈倒被抬到廚房裡，旅館的老闆娘為他包紮時，剛才的騎士和老闆談著這麼一段話。

「剛才那個奇怪的傢伙怎麼樣了？」

「看來已經好多了。」

「唉，真是個粗暴的小夥子啊。」

「您說得一點也沒錯。我剛才搜了他的身，發現他的包裹裡只有一件襯衫，錢包裡也只有十一埃居，看來就是窮人家的小孩。意識都不清楚了，居然還狂妄的說『要是在巴黎敢這麼對我，你一定會後悔』之類的夢話。」

「哦，這口氣簡直就像微服出巡的王公貴族呢。」

「他還提到特雷維爾大人如何如何的。」
「什麼？特雷維爾大人？」騎士的態度突然變了。
「老闆，你翻過他的口袋了吧，裡面有什麼？」
「有一封寫給親衛火槍隊隊長特雷維爾大人的信。」
騎士忽然沉默不語。他沉思了一會兒，表情看來有些擔心。
「對了，那個小夥子現在在哪裡？」騎士問。
「在二樓的房間，我太太在幫他包紮。」
騎士走出房間，奔向放著達太安私人物品的廚房。
達太安總算醒來的時候，天色也已經全黑了。
老闆心想，這個年輕人對那位看來是大有來頭的騎士挑釁，要是窩藏他，驚動警察就糟了。於是老闆勸達太安：

路易十三世（第19頁）

（一六〇一～一六四三年）法國國王。他的父親亨利四世在他九歲時去世，他繼位並由母親瑪麗・德・梅迪奇攝政。他和西班牙公主安妮・奧地利結婚後，從一六一七年起親政，並於一六二四年任命黎塞留樞機主教為首相，整頓了法國的政治體制。

「快點起來，趁現在快走吧，這可是為你好啊。」
達太安想要站起來，可是全身疼痛，頭還發暈。
「對了，老闆，那個無禮的傢伙到哪裡去了？」
「他正要離開呢。好了，你也快點……」
老闆催促著達太安下樓，走到旅館的門口，他一眼就看見剛才那名騎士。
一台**兩匹馬拉的馬車**停在旅館門前。然後，騎士和馬車裡的人不知道在說些什麼悄悄話。
馬車裡的人從車窗探出頭來，是名年輕又美麗的女子，她的皮膚白皙，茂密的金色長髮在肩膀邊飄動著。
達太安在好奇心的驅使下躲在柱子背後，偷看那兩人的動靜。
這時候，達太安發現騎士的左邊**太陽穴**上，有一道

黎塞留樞機主教
（第19頁）
（一五八五～一六四二年）法國政治家。「樞機主教」是國王和教宗的顧問，在天主教會中是僅次於教宗的神職人員。黎塞留在一六二二年成為路易十三世的樞機主教。一六二四年被任命為首相後，他振興產業、強化軍隊，提升法國的國力。

斜斜的疤痕。

「然後呢？主教大人有什麼吩咐？」女子問道。

「主教大人要妳立刻回到英國，調查並且向他報告**公爵**是不是已經從倫敦出發了。」

「我知道了。你呢？你之後有什麼打算？」

「我會回巴黎。」

兩人就說到這裡。金髮美女乘坐的馬車離開後，達太安立刻衝出來擋在騎士面前。

「看你往哪兒跑，再和我一決高下吧。」

不過，騎士把衝上前來的達太安甩開，一口氣跳上在一旁的馬背上。

「原來是剛才那個乳臭未乾的小子。難得你這麼不怕死向我挑戰，不過，我可沒空理你。」

埃居（第19頁）
法國的舊制貨幣單位。當時的貨幣單位有皮斯托爾、埃居、里弗爾、法郎等，一皮斯托爾約＝三．三埃居＝十里弗爾＝十法郎。另外，在英國和西班牙也曾通用法國的貨幣。

塔布（第20頁）
位於加斯科涅地區、靠近西班牙國界的小鎮。也是該地區的家畜、農產品、葡萄酒等的集散地。（參閱卷首地圖）

騎士朝馬兒的屁股揮了一鞭，很快就消失在黑暗中了。

意外倒了大霉的達太安決定付了住宿費之後就出發。沒想到，老闆說還得加上包紮傷口的費用還有馬兒的糧草費，整整收了兩埃居。

達太安把手伸進口袋掏錢，一掏之下他才發現，錢雖然還在，但是給特雷維爾大人的那封信不見了。

「喂！老闆，我口袋裡的那封信呢？那封信很重要，是要給特雷維爾大人的。如果你不說實話，我就要一狀告到特雷維爾大人那裡，請他來調查了。快從實招來！還是，你想嘗嘗被這把劍刺穿的滋味？」

話一說完，達太安就拔起劍，可是他萬萬沒想到，劍身在剛才那場亂鬥中已經折斷了，根本派不上用

火鉗（第23頁）

要夾起在爐灶裡燃燒的柴薪和木炭時使用的金屬夾子。

場。

老闆聽到達太安要向特雷維爾大人告狀，簡直嚇破膽了。特雷維爾大人可是僅次於國王陛下和黎塞留樞機主教的人物，他的名號無人不知無人不曉。

於是，老闆說：

「對了，是那位騎士，一定是那位騎士拿走了。」

達太安也無可奈何，只好騎上那匹害他打了一架的馬兒出發了。到了巴黎之後，雖然覺得馬兒很可憐，但是達太安已身無分文，不得不把牠賣了。沒有馬代步不礙事，可是沒有劍就傷腦筋了。於是，達太安就到中古工具行買了一把劍。

接著就是尋找棲身之所。達太安走遍了巴黎的街道，終於在**盧森堡公園**附近找到便宜的出租房子。那是

兩匹馬拉的馬車
（第26頁）
指兩匹馬拉的四輪箱型馬車。當時法國的貴族和有錢的商人使用的馬車。車夫坐在車體前方。

一間在閣樓的髒亂房間。不過，達太安聽說這裡離特雷維爾大人住的老哥倫布街非常近，他很滿意。

那天晚上，達太安幻想著自己即將出人頭地，滿心歡喜的睡著了。

太陽穴（第26頁）

耳朵上方，位在眼尾到髮際之間的穴位。

特雷維爾親衛火槍隊長

特雷維爾隊長和達太安的父親一樣，是出身自加斯科涅地區的貧窮貴族，他離開家鄉到了巴黎，憑著勇氣和智慧闖蕩，一路飛黃騰達。

路易十三世非常欣賞特雷維爾，提拔他擔任親衛火槍隊隊長一職。特雷維爾隊長不僅是劍術高超，而且人品高尚，因此贏得許多人的尊敬。

然而，路易十三世體弱多病，身為首相的黎塞留樞機主教幾乎取代國王掌管政治，也因此黎塞留樞機主教把國王的心腹——特雷維爾親衛火槍隊長視為眼中釘。

故事再回到達太安這邊。第二天早上，他來到特雷維爾隊長的宅邸，並請求和隊長見面。

他首先穿過寬廣的庭院。庭院四周站著全副武裝的火槍手，他們用奇怪的眼神上下打量達太安。

看見這樣的陣仗，就連達太安也感到有些害怕了。不過他仍然假裝鎮靜，從容的走上階梯，慢慢走近特雷維爾隊長所在的大廳。

達太安使勁挺起胸膛，正想一口氣打開大廳的門時，一名僕人突然擋在他面前。

「你是什麼人，報上名來，這裡可不能讓你隨便進去。」

「我已經按照規矩求見了。隊長大人是我父親的好友，我從遙遠的鄉下地方千辛萬苦前來拜訪，請讓我進去吧。」

「隊長大人現在非常忙碌，我會找機會幫你通報，你先去休息室等著吧。」

公爵（第28頁）

表示貴族位階的稱號之一。在英國，從上而下分為公爵、侯爵、伯爵、子爵、男爵。這五個爵位稱為「五爵」。另外，法國在五爵底下還有城主、陪臣、騎士。這裡是指英國的貴族位階。

僕人把達太安帶到休息室去。房裡的氣派家具讓他看的入迷，另一方面，他的心裡七上八下坐立難安，為特雷維爾隊長隨時會傳喚他而感到緊張。

終於，隊長傳喚他進去了。

達太安畢恭畢敬的行了禮，頭幾乎要貼到地面了。特雷維爾隊長笑容滿面、一派輕鬆的開口說：

「唉，抱歉，我真是太忙了。那些火槍手明明個頭這麼大，卻像小孩子一樣，我還得盯著他們呢。」

達太安聽到特雷維爾隊長語氣如此親切，總算鬆了一口氣，忍不住笑了出來。

特雷維爾隊長見達太安孩子般天真的笑容，覺得這個年輕人很得他的緣。

「我和你的父親是非常要好的朋友，所以我也想盡

盧森堡公園（第30頁）

亨利四世（路易十三世的父親）為了王后瑪麗·德·麥的奇進行造園計畫，並於一六一三年完成的公園。就是現在的法國上議院議事堂的庭園。

我所能幫你。說吧，你找我有什麼事？」

「我希望您可以提拔我當火槍手。不過，剛才我觀察了這棟宅邸的情形，我很清楚我的願望不是那麼容易就能實現。」

「沒錯，要當上火槍手確實不簡單，不過也不是絕不可能的事。只是，你必須先在軍隊磨練兩年左右，接著在戰場上立下幾件功勞，才有機會進入火槍隊，這是規定。」

特雷維爾隊長雖然說並非不可能，可是要在戰場上立下功勞談何容易。不過，遇上困難，反而激發了達太安的志氣。

特雷維爾隊長看穿了達太安的心意。

「很好，我就助你一臂之力。」

「還請您多加關照，我一定會努力成為一名優秀的火槍手。」

「那麼，我幫你寫一封介紹信給**皇家武術學校**的校長，你就在那裡好好磨練武術吧。」

達太安在內心堅定的發誓，他一定要成為獨當一面的火槍手。

接著，達太安鼓起勇氣，把之前沒機會說出口的事說了出來。

「不瞞您說，父親為我寫給隊長大人的介紹信在半路上被偷走了，實在非常抱歉。」

「怎麼會被偷走了呢？」

達太安雖然感到難為情，但還是把在默恩鎮發生的事一五一十的說了。

特雷維爾隊長聽完之後陷入沉思，接著問達太安：

「你說的那個騎士，是不是太陽穴上有一道疤痕？」

「是的，確實有一道疤痕。他的個子很高，看起來

皇家武術學校（第35頁）

黎塞留樞機主教於一六二〇年代建立的學校。課程從馬術到劍術和舞蹈等等，教育士兵成為一名有人文素養、可獨當一面的軍人。

很強壯。我見他和一名年輕女子悄悄在交談，似乎說著什麼祕密。」
「他們說了什麼？」
「騎士叫女子去英國、調查公爵的動靜……之類的。」
「那名女子應該是米萊迪。」特雷維爾隊長悶哼似的說。
「您知道那名騎士的是誰吧，請告訴我那傢伙的名字，還有他住在哪裡，我無論如何都想跟他較量較量。」
「不，你千萬別做傻事。要是再遇見那名騎士，勸你還是走為上策。羅什福爾伯爵可是結實、強壯的像岩石一樣。」
「不行，不管他是誰，下次再讓我碰到的話，我絕不饒他。」
特雷維爾隊長很讚賞達太安這種堅毅不拔的個性。他看得出達太安是個勇氣十足的好青年，對任何事都能毫不畏懼的面對，令他十分欣賞。
「好了好了，總之，我先寫信給武術學校的校長，你稍等一會兒。」
特雷維爾隊長在寫信的時候，達太安心不在焉的望向窗外的道路。突然，達太安大喊：

「啊，又是他！這次我可不會讓你逃走了！」接著就想往外跑。

「是誰？」特雷維爾隊長驚訝的問。

「就是他，偷走我的信的那傢伙。好啊，讓你見識見識我的厲害！」

達太安話一說完，就像風一般從大廳飛奔出去。

大廳裡的火槍手全被這突如其來的舉動嚇呆了，只能眼睜睜任由達太安衝出去。

「這個年輕人真是心浮氣躁，不過倒也挺有趣的。」

特雷維爾隊長一個人笑著點點頭。

三位火槍手

達太安三階併作一階衝下樓，沒想到跑得太急煞不住，一頭撞上一名火槍手。

「啊！」

火槍手痛苦的悶哼一聲。這也難怪，因為這名火槍手看來是受傷了，他右邊的肩膀纏著一圈又一圈的繃帶，達太安很不巧的撞上了他的右肩。

「對不起，我有急事。」達太安道完歉，正要繼續奔下樓梯的時候，一隻鋼鐵般強壯的手一把抓住達太安的**披風**。

「你以為說聲對不起就沒事了嗎？」

「我不是故意的，而且也向你道歉了啊。我真的有急事，請你放開我吧。」

火槍手總算鬆了手。

「真是莽撞的傢伙，剛從鄉下出來的吧。」

聽見這句話，達太安火冒三丈。

「我從哪裡來關你什麼事。就算是鄉下人，至少還懂得決鬥的禮貌。」

「臭小子，口氣這麼狂妄，是想吃我一劍了？」

「你說什麼？好，我就跟你較量較量，不過現在我有急事，先約個時間地點吧。」

「就在**卡爾德休**的**修道院**前面的空地吧。不過，小子你真的不要命了嗎？」

「我才不會輸給你哩。時間呢？」

「正午時分。」

「沒問題。」

達太安又像炮彈似的衝了出去。正當他要衝出玄關

披風

披在衣服上面，沒有袖子的外衣，有防風擋雨的作用。

卡爾德休

靠近現在的索邦大學一帶，是當時軍人經常決鬥的荒蕪草原地帶。（參閱第34頁簡圖）

時，站在那裡的火槍手身後的披風突然被一陣風揚起，達太安就一頭栽了進去。

達太安越是掙扎，披風就越是將他裹得緊緊的，幾乎快喘不過氣了。不過就在這時候，達太安看見火槍手**佩掛劍的那條佩帶**，他非常驚訝。那條佩帶從前面看起來雖然金光閃閃，但是達太安從火槍手背後看起來只不過是一條牛皮佩帶。

一定是這位虛榮的火槍手，只有前半段買了金絲佩帶。

「是誰？居然鑽進別人的披風裡，你瘋了嗎？」火槍手大聲斥喝。

達太安總算從火槍手的肩膀底下探出頭，慌張的翻動眼球，說：

修道院（第41頁）

讓遵守基督教（這裡是指天主教）教誨的修士和修女遠離社會修行，過著團體生活的寺院。

佩掛劍的佩帶

斜掛在肩上、底下佩掛著劍的寬版皮帶。有金或銀線的刺繡裝飾。

「對不起，我有急事趕著去辦。」

火槍手一轉身，把達太安從披風中甩了出來。

「有急事，難道就可以不長眼了嗎？笨蛋！」

達太安也惱了。

「說我不長眼？你藏在披風底下的東西，我可是看得一清二楚呢。」

達太安覺得自己開了一個高級玩笑，得意得很。

那位火槍手怒氣衝天，叫達太安有種就放馬過來。

「等一下，要決鬥晚一點再說。我現在有急事要處理。聽好了，時間訂在下午一點，地點在**盧森堡宮殿**後面。」

「很好，到時候你可別哭著求饒。」

還沒聽完這句話，達太安已經在街角拐了彎。

盧森堡宮殿

亨利四世（路易十三世的父親）為他的王后瑪麗・德・梅迪奇建造的宮殿。一六二〇年完成。（參閱第34頁簡圖）

大街上已經看不見那位騎士的身影，也許是走進某一間房子了吧。達太安在路上逢人就問，甚至找遍了附近的大街小巷，最後還是無功而返。

達太安總算靜下心來。他冷靜的回想今天早上以來發生的事，自己的所做所為都稱不上光榮。

他這樣冷不防的衝出大廳，特雷維爾隊長一定非常生氣，再加上他必須和自己嚮往的火槍手決鬥，而且還是一次惹上兩位火槍手的窘境。

不過，一切已成定局了，剩下的只能交由命運安排。

達太安一面思考著這些事，一面慢慢走回家。

達太安在回程的路上又看見四位火槍手站在一間房子前面談天。他心想，這次可不能再搞砸了，於是他脫下帽子向火槍手們行禮。

這時候，其中一位火槍手的手帕掉了，且沒有發現他的**長靴**還踩在那條手帕上。達太安彎下腰，把那條手帕拉出來。

「您的手帕掉了。」

達太安說完就把手帕遞了出去。那條手帕上有精美的**刺繡**，其中一角還有**王冠和徽章**的圖樣。

那名火槍手滿臉通紅，一把從達太安手中將手帕搶了過來。另一位火槍手見狀便笑著說：

「誒，這樣你還敢說你和那位夫人感情不好嗎？都收了人家的手帕了。」

掉了手帕的火槍手忿恨的瞪著達太安，但是他平靜的回答：

「你們搞錯了，這條手帕不是我的，你們看，我的手帕就在我的口袋裡呢。」

火槍手從口袋裡拿出一條手帕，上頭沒有任何裝飾。

達太安也不再多嘴了。這位火槍手一定是不想讓其

長靴
那個時代的火槍手都會穿長到接近膝蓋的皮靴，上頭大多有裝飾品。

刺繡
使用美麗色彩的線，在布料或衣服上繡出的圖樣。

他的火槍手知道那條繡有王冠標誌的手帕是他的。

那位火槍手和其他三位火槍手分開要回去時，達太安追了上去。

「真不好意思，我向您道歉，請您不要認為我是惡意的。」

「我必須提醒你，聰明人是不會像你那樣魯莽的。」

「你說什麼？」

「再怎麼愚蠢的鄉下人都看得出來，我會踩著手帕一定是有原因的。為什麼你這麼莽撞，要把手帕撿起來呢？」

達太安怒火中燒，便回了一句：

「你才是，為什麼這麼糊塗，把重要的手帕給掉了呢？」

王冠和徽章（第45頁）

王冠象徵國王，上面鑲著金或銀、寶石等。徽章是代表門第或團體的象徵（圖案），裝飾在盾牌或旗子上。路易王朝是百合花的徽章。

「別故意找碴。不過，既然你要找碴，我就來教教你男人的處世之道吧。」

那就是決鬥的意思。這點暗示，達太安也立刻聽懂了。

「事不宜遲，我就在這裡領教吧。」

「不行，這裡不好，會有樞機主教的手下經過，我們到沒有人看見的地方比試。」

「虧你還是個火槍手，這麼謹小慎微。」

「我總有一天要進修道院的，不得不小心謹慎。那麼，下午兩點，我在特雷維爾隊長的宅邸等你，地點到時候再決定。」

就這樣，達太安在同一天裡，連續和三位火槍手約定在十二點、一點、兩點決鬥。而且，那三個人還是在特雷維爾隊長率領的親衛火槍隊當中，以劍術高超出名的阿多斯、波爾托斯、阿拉密斯三人。

奇妙的決鬥

達太安在中午前就出門前往卡爾德休的修道院。

阿多斯已經先到了，在修道院前的空地等著達太安。阿多斯靜靜的坐在地上，肩膀上的傷似乎還很疼痛。不過他一看見達太安就立刻站起來，很有禮貌的迎上前來，走到達太安面前兩三步的距離。

達太安也很有禮貌的打了招呼，他帽子上的羽毛裝飾幾乎要拖著地了。

阿多斯先開口了：

「今天是正式的決鬥，所以我請了兩位見證人，不過他們還沒來。」

「我這邊沒有什麼體面的見證人，除了特雷維爾大人之外，我在巴黎還不認識任何人。」

「什麼，特雷維爾大人？你認識我們隊長！」

「大人是我父親的朋友。」

「是嗎？不過，和你這樣的小伙子決鬥，還真有點大欺小的嫌疑哩。」

「不，這可不見得，你也受了傷，我們算扯平了。」

「話說回來，見證人怎麼還不來，到底怎麼回事。」

「如果你有急事的話，就快點解決我吧，不用客氣。」

「嗯？你說這話還真有趣，我就欣賞你這樣的人。如果決鬥之後我們都還活著，倒可以好好聊個天呢。」

就在這時候，波爾托斯和阿拉密斯從對街走了過來。

「他們兩個就是我的見證人。」

「什麼！」

達太安大吃一驚。這兩人，竟然是披風事件和手帕事件的那兩位火槍手。

波爾托斯和阿拉密斯也愣住了，他們問阿多斯：

「你的對手是這個年輕人？」

「是啊，怎麼了？」

「我等下也要跟這個年輕人對決啊。」披風事件的波爾托斯說。

手帕事件的阿拉密斯也說：

「老實說，我也是。」

達太安對三人說：

「我想先向你們道歉，我可能沒辦法和後面這兩位決鬥了，因為第一位可能就會把我殺了。兩位特地赴了約，卻沒有對手了，還請你們見諒。好吧，來吧！」

達太安勇猛的拔出劍，擺出架勢。

阿多斯也拔了劍。離正午時分已經過了十五分鐘。此時日正當空，熾熱的陽光猛烈的照在卡爾德休修道院前的草地上。

「來吧，隨時放馬過來。」阿多斯也擺好架勢了。

達太安突然刺出一劍，兩把長劍相交，鏗鏘作響。

這時候，波爾托斯和阿拉密斯大叫：

「快收劍！黎塞留樞機主教的**侍衛**來了。」

侍衛

跟在國王或首相身邊護衛的人，也稱為親衛隊。當時的法國，黎塞留樞機主教為了對抗路易十三世的火槍手隊，而編成直屬自己的侍衛隊。因此，隸屬不同長官的火槍手和侍衛經常有強烈的對抗意識。為了展現實力，一有機會彼此就會較量。

火槍手和樞機主教的侍衛

國王的火槍手和黎塞留樞機主教的侍衛之間關係並不好，雙方經常起爭執，阿多斯的肩膀也是被主教的侍衛所傷。

然而，依照國王和樞機主教的命令是禁止決鬥的。達太安和阿多斯剛要決鬥之際，竟然就被侍衛隊的人給撞見了。

侍衛隊長朱薩克帶著四名部下，來到火槍手面前。

「各位火槍手先生，法律規定禁止決鬥，你們該不會忘了吧。」

阿多斯回答：

「要是我們看見你們跟人決鬥，絕對不會出手干涉，所以我們決鬥的事也希望你們別追究。」

「很遺憾，這是不可能的。公事公辦，跟我們走一趟吧。」

「難得你這麼盛情邀請，不過，我們賭上火槍手的榮譽，恕難從命。」

「看來，你們是要違抗黎塞留大人的命令了。很好，那就別怪我們動手了！」

阿多斯低聲說道：

「敵方有五個人，我方只有三個人，咱們抱著必死的決心上吧。」

阿多斯、波爾托斯、阿拉密斯三人緊緊靠攏。

沒想到，達太安轉向三人說：

「不對，我方有四個人。」

「可是，你並不是我們的夥伴。」波爾托斯說。

「不錯，我沒有穿火槍手的服裝，但是我有一顆火槍手的心。」

這時候，朱薩克從旁斥喝：

「夠了，快閃開，年輕人。趁你還沒受傷之前快滾！」

可是，達太安卻不為所動。

「你叫什麼名字？」阿多斯問道。

「我叫達太安。」

「你真是個有膽識的青年。」阿多斯緊緊握著達太安的手。

不過，這三個人都認為達太安還年輕，不相信他有什麼本事，達太安也看出他們的顧慮。

「總之，先讓我加入你們吧。」

「好，讓我們並肩作戰！」

阿多斯打了個暗號，四人便一齊衝入敵陣。

達太安正面對上敵方的隊長朱薩克。朱薩克在黎塞留樞機主教的部下當中，是數一數二的劍術高手。

不過，達太安一心想要讓三位火槍手見識自己的本領，一上來就是一陣亂砍亂殺，他的劍法毫無章法可言，就在朱薩克身邊跳來蹦去，從四面八方進攻。

朱薩克對這種攻擊簡直難以招架，他沒想到自己居然沒辦法解決還是個毛頭小子的對手，漸漸焦躁了起來。然而，他越是焦躁，劍法也就越雜亂無章。

達太安抓住這個機會，更敏捷的在朱薩克周圍竄來竄去。焦躁的朱薩克想要一口氣解決對手，他使勁踏出右腳，對達太安發出猛烈的一擊。

不過，達太安迅速的躲開攻擊，他像蛇般滑溜靈活，一轉眼就鑽到朱薩克的身體下方，於是達太安伸出劍，一口氣往對手的側腹部深深的刺了進去。

朱薩克應聲倒地。

接著，達太安環顧四周，查看夥伴的狀況。

阿多斯陷入苦戰，而且還多了一道新的傷口。他雖然換了左手使劍繼續奮戰，但是臉色慘白，好不容易才抵擋住敵人的攻擊。

達太安飛奔到阿多斯的對手身旁，大聲喝道：

「讓我代替阿多斯跟你過招吧！」

一直用意志力撐到現在的阿多斯突然雙腿一軟，跪在地上，但是他還不忘對達太安喊道：

「先別殺他，等我的傷勢恢復，再跟他算帳，你打掉他的劍就夠了。」

阿多斯還沒說完，達太安就照阿多斯的要求，將那名侍衛的劍彈飛在空中了。

侍衛急忙要跑去撿，可是一同起跑的達太安比他更早一步把劍踩在腳底下。

侍衛拿起被阿拉密斯打敗的夥伴的劍，又回頭攻了過來。不過，剛才稍微喘息片刻，很快又提起精神的阿多斯早就做好準備等著他，不費吹灰之力就將那名侍衛刺死了。

阿拉密斯又再撂倒了兩個敵人，這麼一來，侍衛那一方就剩下波爾托斯的對手一個人了。

達太安他們三人和波爾托斯一起，把剩下的這名侍衛團團圍住，對方大腿中了一劍，仍然頑強抵抗。

這時候，朱薩克用一隻手肘撐起身子，命令那名侍衛投降。於是，那名侍衛便放棄抵抗。

火槍手們舉起劍，向這名勇敢戰鬥的侍衛**致敬**。勇敢的行為都會受到尊敬，不分敵我。

火槍手們把對方的傷者、死者抬到修道院的大門口，然後拿走四把劍，回到特雷維爾隊長的宅邸。

進門之後，達太安對三位新朋友說：

「我想我現在至少有資格成為火槍手的學徒了吧。」

舉劍致敬

將手裡的劍垂直立起來，並舉到眼睛的高度，然後身體站直不動，是對對手表示敬意的動作。

這個事件很快就傳了開來。特雷維爾隊長雖然表面上大聲斥責這群莽撞的火槍手，私底下卻稱讚他們：

「嗯，很好、幹得好。」

之後，特雷維爾隊長急忙趕到**羅浮宮**，他擔心要是不立刻向國王陛下報告這件事情的話，不知黎塞留樞機主教會怎麼向國王投訴。

可是他還是來遲了一步，國王陛下已經在和黎塞留樞機主教面談了。特雷維爾隊長懊惱的啐了一口。

那天晚上，特雷維爾隊長再次前往羅浮宮。國王正在打牌，他看見特雷維爾隊長，不開心的說：

「火槍隊長，我要好好念你兩句。黎塞留中午過來向我報告，說你手下那群親衛火槍手有很多都是流氓之輩，簡直是無法無天，他非常生氣。」

「陛下，您言重了，絕對沒有這回事。火槍手成員各個性情溫和，且一心一意為陛下效勞，除此之外再不作他想。可是，黎塞留大人手下的侍衛隊卻總是來找碴，火槍手隊員才不得不出手防衛罷了。」

「你是說，這次先出手的也是黎塞留的侍衛？」

「是的，他們一向如此。」

「世人稱我為公平的國王，我也聽聽你這一方的說法之後再下定奪，你說吧。」

「我隊上的三個火槍手阿多斯、波爾托斯、阿拉密斯今天早上來見我。他們跟一個來自加斯科涅的年輕人

羅浮宮

十三世紀初期，當時的國王腓力二世建造的城堡，但到了十六世紀，就成了皇室的書齋、倉庫、休憩的地方。到了十七世紀，經過路易十三世、路易十四世的增建、改建，做為王宮使用。現在是有名的羅浮宮美術館。（參閱第34頁簡圖）

約好要到郊外遊玩，集合地點就在卡爾德休修道院前的空地。沒想到，他們四個人才剛到齊，就有一群侍衛迎面而來。他們這麼多人帶著武器跑到荒郊野外，我想，一定是想做些違反禁令的事。」

「原來如此，看來侍衛隊是打算決鬥了。」

「一定是這樣的。可是，當侍衛隊的人看見火槍手時，他們突然改變主意了。侍衛隊本來是自己人之間要決鬥，只是看到我的火槍手隊員，平時積怨已久的情緒於是爆發，二話不說就攻擊我的人。說到底，都是由於親衛火槍手只效忠於陛下您一個人，黎塞留大人底下的侍衛才會視親衛火槍手為眼中釘。也因為這樣，彼此之間根本是水火不容。」

「原來如此。是啊，你說得沒錯。」

忽然間，國王的表情有些憂傷。首相黎塞留樞機主教的勢力甚至高於國王，於是有許多人只聽黎塞留樞機主教的命令，讓國王感到十分無奈。

「對了，你不是說除了火槍手之外，還有一個孩子嗎？」

「是的，是一個名叫達太安的年輕人。他是家裡的獨生子，父親曾經效忠先王，表現傑出。這個年輕人非常勇敢，他這次的表現也很出色。」

「快說說他的表現給我聽，我最喜歡這種英勇的故事了。」

於是，特雷維爾隊長不僅鉅細靡遺，還加油添醋的把達太安他們奮戰的過程說給國王聽。

「什麼？你說那孩子打敗了全法國知名的劍術高手朱薩克？怎麼可能。這話雖然是從你口中說出來的，可我還是有點不敢相信呢。」

「我為什麼要對陛下說謊呢？正所謂一山還有一山高，刺傷朱薩克的，確實是達太安沒錯。他雖然還沒正式成為我的部下，但我無論如何都想向陛下推薦這個年輕人。」

「那麼，我就見見這個年輕人吧。」

「陛下什麼時候召見呢？」

「就明天正午吧。」

「只帶他一人前來嗎？」

「不，四個人全都帶來，我要向為我效勞的這群火槍手表示感謝。」

特雷維爾隊長正要走出大廳時，國王又叫住他。

「啊，等等，明天你們從旁邊的小樓梯上來。否則要是黎塞留聽到風聲，恐怕對你們不好。」

「遵命。」

「哦，還有，特雷維爾，禁止決鬥的規定就是規定，你要嚴加管教火槍手，今後絕對不許再犯。」

「是的，遵命。這次並非決鬥，嚴格說來比較像是吵架，不過我還是會嚴加警告的。」

特雷維爾隊長回到宅邸後，立刻通知四人明天要晉見國王陛下。阿多斯他們三人在宮廷這麼久，每次在戰場上建功就會蒙國王召見，並不特別感到慌張，可是對達太安而言，簡直像做夢般令人難以置信。

那天晚上，達太安的眼前不時浮現從未見過的宮殿和國王的長相，他興奮得一直無法入睡。

又發生事件

第二天一大早，達太安就跑去阿多斯家了。

「現在才八點哩，不需要這麼慌張。早上我跟波爾托斯、阿拉密斯約好要打網球，你也一起來吧。」阿多斯說。

於是，達太安就跟著阿多斯一起前往網球場。

可是，在鄉下長大的達太安是第一次打網球。當波爾托斯打出強勁的一球貼著達太安的臉飛過去，達太安不禁捏了一把冷汗。要是這球不偏不倚打在臉上的話，他可就沒臉見國王陛下了。

於是，達太安決定從網球場上退下來，坐到一旁的觀眾席上。

沒想到，觀眾裡正好有一名黎塞留樞機主教的侍衛。這個人正為了同事昨天吃了敗仗而憤憤不平。他一直在旁邊伺機而動，一有機會就要報仇雪恨。

見達太安坐到場邊，這名侍衛用所有人都聽得見的音量大聲嚷著：

「膽小鬼怕被球也不足為奇，畢竟只是懦弱火槍手的小跟班而已啊！」

達太安狠狠瞪著那個人。

「哼，這麼想看我就讓你看個過癮吧，我可不怕你這小毛頭。」

達太安忍不住怒氣衝天。

「不好意思，我們可以去外面解決嗎？」

「好狂妄的口氣，你知道我是誰嗎？」對方的口氣聽來很瞧不起達太安。

網球

在中央隔著網子的長方形區塊內，用球拍來回打球的競技。當時也稱之為「手掌上的比賽」，因為也有用手掌代替球拍擊球的情形。這是貴族和有錢人的運動，主要在室內舉行。法國在十六世紀到十七世紀之間，建造了許多網球用的場地，光是巴黎市內，就有一百座以上的網球場。

「我管你是誰。」

「那你就錯了，要是你知道我的名字，就不會說出這麼不知好歹的話了。」

「請教大名。」

「我叫貝納舒。」

「那麼，貝納舒先生，我在門口等你。」

達太安滿不在乎的表情倒是讓侍衛覺得訝異。

說到這貝納舒，他是巴黎無人不知、無人不曉的暴力人物。只要他看人不順眼，就算違反國王的命令，他也非要砍傷人才肯罷休。

波爾托斯和阿拉密斯正在專心打網球，阿多斯也在一旁聚精會神的觀看比賽，他們都沒發現達太安已經離開網球場了。

達太安和貝納舒看好四下沒有人經過，便在網球場門口展開決鬥。

貝納舒率先拔出劍，從正面攻向達太安。他看對手還年輕，想用氣勢壓倒他。

達太安經過昨天一戰已經試過身手了，他對自己的本事很有信心，他決定一步也不後退。

由於達太安堅決不退，使得貝納舒不得不後退一步。趁著這個空隙，達太安冷不防刺了對方的肩膀一劍。

貝納舒身受重傷，他使劍的氣勢也跟著減弱了。這時候，達太安刺出第二劍。不過，貝納舒也不是省油的燈，中了兩劍仍不倒下，反而咬緊牙關攻了過來。

過了不久，兩名侍衛聽到劍的撞擊聲，衝出網球場，拔劍就往達太安身上招呼。

阿多斯、波爾托斯、阿拉密斯三人聞聲也衝了出來，對付那兩名侍衛。這時候，就連驍勇善戰的貝納舒也不支倒地了。

這麼一來，兩名侍衛就必須對上達太安他們四個人了。

兩幫人馬打鬥的地方，正好在政府高官特立穆公爵的宅邸門前。而貝納舒的親戚就在公爵府裡做事。於是，兩名侍衛就大聲呼喊：

「特立穆府裡的人快出來幫忙！」

公爵府裡的人傾巢而出，把四人團團圍住。

這回，換阿多斯他們大喊：

「快聯絡火槍手隊！」

這聲大喊，恰巧被路過的艾薩爾侯爵的三名侍衛聽見了。艾薩爾侯爵是特雷維爾隊長的妹婿，而他的侍衛們平常就很討厭黎塞留樞機主教。

其中兩人加入達太安他們這一方，另一人則飛奔到特雷維爾隊長的宅邸，通知其他火槍手說阿多斯他們被包圍了。

於是，火槍手隊員也衝了過去，原本只是兩個人的爭執越演越烈，簡直像是真正的戰爭。

最終，黎塞留樞機主教的侍衛不敵火槍手，只好撤退進特立穆公爵府中。

火槍手們興奮的你一言我一語大喊：

「特立穆府的家丁竟然敢對親衛火槍手出手，也不想想自己是什麼身分，得好好教訓教訓才行，不如放把火將他們燻出來吧！」

可是，眼看已經十一點了，達太安他們必須在十二點以前抵達羅浮宮。只好先就安撫情緒高漲的隊友，請他們先收隊，接著，四人趕緊回去跟特雷維爾隊長報到，一行人急忙趕往羅浮宮。

特雷維爾隊長憂心忡忡。

「跟國王約好正午，我們就連一分鐘都不許遲到。今天的事件不會就這麼算了，要是被黎塞留樞機主教搶先一步就糟了。真感謝你們這群衝動的傢伙，害我整天疲於奔命。快，加快腳步！」

特雷維爾隊長和四人到達時，國王並不在宮內，聽說是去郊外的森林打獵了。

特雷維爾隊長趕忙問宮裡的僕人：

「陛下今天見過黎塞留樞機主教了嗎？」

「是的，黎塞留大人稍早之前來過，和陛下說了話。」

「這麼說來，陛下才剛剛出門？」

「是的。」

「嘖、糟了！又被搶先一步。」特雷維爾隊長十分扼腕的啐了一口。

之後，一聽說國王打獵回來了，特雷維爾隊長又帶著四人前往宮殿。

這回，國王雖然在宮裡，但是他非常不高興。前來晉見的五個人一眼就看出來了，其中，達太安更是面如死灰、全身發抖，深怕馬上就要受到處罰了。

國王對特雷維爾隊長說：

「我又得要念念你了。你的部下恣意傷人，鬧得滿城風雨。我可不是為了讓火槍手四處惹禍，才讓你當火槍隊長的啊。」

「陛下，那些都是不實的傳言，到底是誰把這樣的謊言傳入陛下耳裡的？」

「是誰都無所謂吧。」

「只要是人都會犯錯，就算是黎塞留大人也一樣。」

「你是說，黎塞留對我胡說八道嗎？說別人的壞話可不好啊。」

「不，在下只是說黎塞留大人不知道事情的真相罷了。應該是阿諛諂媚的侍衛去跟大人咬耳根。陛下輕易相信那樣的傳言，不知是否恰當。我是這個意思。」

第二天，國王傳喚特立穆公爵來當證人。特立穆公爵如實向國王報告，他從被抬進自己家裡的貝納舒那裡聽來的事情原委。

證人回去之後，國王把等候傳喚的特雷維爾隊長等五人叫進來。

「好了，你們都進來吧，我可要好好教訓你們了！」

不過，這明顯只是玩笑話，因為國王是滿臉笑容。

國王指著瑟縮在最後面的達太安說：

「怎麼，特雷維爾，你明明跟我說是個年輕人，他根本還是個孩子啊。打敗朱薩克的就是這孩子嗎？」

「還有，他也打倒了貝納舒。」

「真是太令我驚訝了。你說他是從加斯科涅來的吧？我聽人說過加斯科涅的男子都很能幹，果然名不虛傳。」

「只要陛下能開心，沒有比這個更讓我們喜悅的了。」

「很好！我有一隊出色的親衛火槍手，我打從心裡感謝你們。這是我的心意，拿去吧。」

國王拿出一只裝著四十皮斯托爾的袋子交給達太安。

大家都很替他開心。

達太安他們退出國王的房間之後，國王把特雷維爾隊長叫來身邊。

「按照規定，要加入親衛火槍手隊，必須先在別的單位學習、歷練過才行。你先把那個年輕人安排在艾薩爾侯爵的軍隊裡，讓他接受訓練吧。」

第二部　王后的危機

達太安的房東

達太安把國王賞的四十皮斯托爾與阿多斯他們三人共享，他沒想過那是只給他一個人的賞賜。達太安第一次獲得這麼大一筆錢，他不知道該怎麼利用才好。他和阿多斯他們商量，波爾托斯建議他僱用一個隨從。

阿多斯有一個名叫格里莫的隨從。由於阿多斯沉默寡言，所以訓練他的隨從看他的手勢辦事。

波爾托斯的個性和阿多斯正好相反，他不僅話多，而且非常喜歡打扮，所以他的隨從木斯克東也跟著主人有樣學樣，喜歡穿華麗的衣服。

阿拉密斯將來打算進修道院，他很用功學習**神學**，他的隨從巴贊也總是穿著修士一樣的黑色衣服。

達太安聽從朋友的建議，僱用一名波爾托斯替他找來的男子布朗歇當隨從。

意外獲得一大筆錢的四人變得出手十分闊綽。但是隨著他們每天大魚大肉、到處欣賞有趣的事物，過著愉快的生活，轉眼間就把錢花光了。

有一天晚上，達太安在住處睡覺時，有人來敲他的房門。

達太安叫醒隨從布朗歇，要他去開門。一名看似生意人的人走了進來，感覺是個好好先生。

「達太安先生，我有很重要的事和您商量，希望可以和您單獨談談。」

於是，布朗歇就退出了房間。那個人繼續說了：

「我聽說，達太安先生非常能幹，我特地來請您幫

神學（第77頁）
研究基督教教誨的學問。包括聖經該如何解讀，聖人的思想，正確的信仰是什麼模樣，神又是什麼等等。

個忙。」

「直說無妨，什麼事？」

「我內人是王后的侍女，她的工作是替王后縫紉衣服。王后的內務總管波爾特大人是內人的教父，因著他的關係，內人才能在宮裡當侍女。自己說來總有些難為情，內人雖然長相一般，但是聰明伶俐，她三年前就嫁給我了。」

「這些就不用交代這麼清楚了，到底是要說什麼事？」

「是非常嚴重的事。昨天早上，內人從工作坊出來的時候，被人綁走了。」

「是誰綁走了她？」

「我不清楚，不過，大概可以猜到是誰。」

「是誰？」

「最近一直纏著我內人的一個人……」

「那個人愛上尊夫人了？」

「不，不是那回事。我想，應該是一些有關政治的事……」

「你要是不說清楚，我根本就不知道是什麼事啊。」

「我不知道該不該跟您說清楚……」

對方一直猶豫不決，讓達太安感到不耐煩。

「你到底要跟我商量什麼？我很睏了，你要是不說的話，就請回吧。」

「我就老實跟您說了。我內人是因為某位高貴的夫人而受到牽連了。」

「那位高貴的夫人到底是誰？你要跟我商量又不把說清楚的話，是要我怎麼辦呢？」

在達太安的逼問之下，男子才吞吞吐吐的說：

「那我就直說了，可是得拜託您可千萬別對其他人說啊，那位高貴的夫人就是**安妮王后**。因為王后和**白金漢公爵**很親近，被黎塞留大人盯上……」

安妮王后

奧地利．安妮（一六〇一～一六六六年）是西班牙國王費利佩三世的長女，費利佩四世的姊姊。一六一五年和路易十三世結婚，一六三八年生下日後的路易十四世。一六四三年，丈夫死後，她為年幼的路易十四世攝政，並任命政治家馬薩林為首相，建立路易十四世的王政體制。

「你對宮廷裡的事還挺瞭解的嘛。」

「誠如我剛才所說，內人的教父波爾特大人是王后的心腹，這些事多少都會有所耳聞。王后很可憐，國王不把她放在心上，黎塞留大人又緊盯著她，她心裡會感到空虛也是難免的。」

「嗯，我好像漸漸懂了。」

「王后這陣子顯得特別擔心，她懷疑敵人盜用她的名字寫信給白金漢公爵。」

「為什麼要這麼做？」

「似乎是想把公爵引到巴黎來，讓他掉進他們設下的陷阱。」

「真是豈有此理。不過，這件事跟尊夫人有什麼關係？」

白金漢公爵

（一五九二～一六二八年）本名為喬治・維利爾斯，英國的貴族。他侍奉英國國王詹姆士一世、查爾斯一世，因為他的功績，受封為白金漢公爵。之後又被任命為海軍大臣、首相，但是在三十六歲那年被暗殺身亡。他和安妮王后的戀愛也是歷史上真實的事件。

「他們綁走我內人，可能是要威脅她說出王后的祕密，或是利用她當他們的間諜。目前，我想到的就是這些可能。」

「可是，你不清楚綁走尊夫人的是誰，對嗎？」

「如我剛才所言，我只能大概猜測他是誰。我不清楚他叫什麼名字，不過我知道他是樞機主教的手下。」

「你見過那個人嗎？」

「內人曾經指給我看過。」

「他有沒有什麼明顯的特徵？」

「有的。他總是一臉傲慢，眼神銳利，還有就是太陽穴上有一道疤痕。」

「什麼？太陽穴上有一道疤痕？」達太安忍不住叫了出來：

「他在哪裡？」

「我完全摸不著頭緒。」

「還有其他線索嗎？」

「有是有啦……」

「都已經說到這裡了，到現在你還扭扭捏捏，快說清楚啊。」

達太安訓斥般的口氣，嚇得對方也只好乖乖說了：

「我波那瑟也算是個男人，就一五一十對您說吧。」對方說完終於放下一顆心，表情也開朗許多。

「波那瑟？」

波那瑟這個名字，達太安好像在哪裡聽過。

「我是您的房東。」

達太安歪著頭回想。男子說：

「啊，對了。原來是房東先生啊。」

「是的。自從您三個月前住進這兒以來，您就把付房租的事完全忘記了。不過，我從來沒有催促過您。念在我的這份心意，有件事……」

達太安急忙回答：

「別說了，我知道。總之，先把剛才的事說完吧。」

接著，波那瑟從口袋裡拿出一張紙條。

「看來是一封信。」

「是我今天早上才收到的。」

達太安把信打開。信裡寫著這樣的字句：

不必尋找你妻子的下落，事情辦完自然會把人送還給你。

要是你四處張揚，你的妻子就小命難保。

波那瑟可憐的哀求：

「我只是一介平民，您是我唯一的指望了。您身邊有許多強壯的火槍手，他們是特雷維爾大人的手下。我聽說火槍手和黎塞留大人的關係不好，這件事既能幫助可憐的王后，還可以給樞機主教大人一點顏色瞧瞧，我想您應該會欣然接受才對。」

「話是沒錯……」

「您積欠的那三個月房租，今後我也絕不會向您催繳，甚至還可以借您一些錢。還有，那個……咦？那是……」

波那瑟突然站了起來。

「怎麼了？」

「從您的窗戶看向對街上，您瞧，有一個披著黑色披風的人……」

「啊！是他！」達太安大叫：

「這次他休想逃走！」

達太安唰的一聲拔起劍，衝出房門。

他在樓梯上差點撞上阿多斯和波爾托斯，兩人趕緊讓開，達太安一個箭步就從他們身旁穿了過去。

「喂！跑這麼急要上哪兒去啊？」

「是那個披風男！」

兩人還在懷疑自己有沒有聽錯之際，達太安跑得早就不見身影了。

達太安的策略

過了三十分鐘左右，達太安回來了。

阿拉密斯也來到達太安家。這下子，四個人都到齊了。波那瑟則已經先離開，回家去了。

「喂！到底是怎麼回事？」

看見達太安滿頭大汗的回來，三個火槍手齊聲問道。

「唉，那傢伙說不定是惡魔派來的，像個幽靈似的，忽然出現又消失。」

達太安把劍往床上一扔。

「嘖，都怪那傢伙逃走了，害我錯過一個發財的機會，那可是一大筆錢啊。」

「到底是什麼事？」波爾托斯和阿拉密斯異口同聲的問。

「布朗歇，你到房東波那瑟先生那裡向他要半打葡萄酒。」

「真想不到，這裡的房東還會供應葡萄酒啊？」波爾托斯問。

「是啊。要是他沒有什麼像樣的酒，我還可以叫他去買別的。」

「到底發生了什麼事？」

波爾托斯終於也感到事情不單純了。

於是，達太安就把他從波那瑟那裡聽說的事對三個朋友說了。他認為綁走波那瑟夫人的，就是他從默恩鎮相遇以來積怨已久的敵人。接著他又說：

「我擔心的不只是波那瑟夫人，還有王后的安危啊。」

葡萄酒

以葡萄為原料釀成的酒，也稱為紅／白酒。將葡萄搗碎放置一段時間，使其自然發酵而成（發酵出酒的原料——酒精）。法國知名的葡萄酒產地有波爾多、勃艮地、干邑、香檳、夏布利、薄酒萊、安茹等地。

一直靜靜聽著達太安說話的阿多斯開口了：

「這麼說來，他們是為了引出白金漢公爵，才送出那封冒名信的？」

「沒錯。房東太太會被綁走，一定跟這個冒名信事件有關。」

這時候，房門外傳來奔上樓梯的急促腳步聲，臉色蒼白的波那瑟一個踉蹌就跌進房裡。

「先生，請救救我吧！後面來了四個人，他們要抓我。」

波爾托斯和阿拉密斯立刻站起來，劍也已經拔出一半了。

達太安喝止：

「慢著！現在最重要的是得沉住氣，先把劍收回鞘裡。」

「難道，就這樣坐以待斃嗎？」波爾托斯憤怒的說。

「不，這件事交給達太安處理。畢竟他是我們四人當中最足智多謀的。他正在思考策略，就聽他下指令。」阿多斯阻止波爾托斯。

阿多斯話才剛說完，下一秒鐘四名樞機主教的侍衛就出現了。這群侍衛看見四名火槍手，倒顯得有些彆扭。

達太安臉堆滿笑容的開口說道：

「請進，先生們，請不要客氣，這裡是我住的地方，您我都是國王陛下和樞機主教黎塞留大人忠實的僕人。」

聽見達太安這麼說，一名看起來像侍衛隊長的男子總算鬆了一口氣。

「這麼說來，你們不會干涉我們執行任務吧？」

「當然不會，若有需要，我們還可以幫忙呢。」

波爾托斯實在摸不透達太安想幹嘛。

「那小子到底在說什麼。」

聽見波爾托斯口中念念有詞，阿多斯扯了一下他的衣袖說：

「笨蛋，閉上你的嘴，交給達太安處理。」

「達太安先生，您剛才明明答應過我……」波那瑟哭喪著臉小聲說，避免讓侍衛們聽見。

達太安也在他的耳邊輕聲說：

「我們會救你的，放心吧，我發誓。王后的事一定要保守祕密，否則你也性命難保。」

「可是，我……」

波那瑟顫抖的聲音似乎還想再說些什麼，可是達太安不理會他。

「先生們，請自便吧。」

達太安呼喚侍衛，並把嚇得眼睛直打轉的波那瑟推向他們。

「這個人真是厚臉皮，竟敢來向親衛火槍手討錢。我們再過不久就會籌到錢了，在那之前，就勞煩你們把他關進**監獄**吧。」

侍衛們綁著波那瑟正要離開，達太安拍了拍侍衛隊

監獄

關住罪犯用的建築物。中世紀時，常把修道院當成關罪犯的場所使用，從十四世紀末開始，有些皇宮的一部分也成了關政治犯的監獄。

長的肩膀留住他。

「這裡有上好的葡萄酒，我們何不坐下來乾一杯，祝福彼此身體健康呢？」

達太安拿著波那瑟好心給的葡萄酒，滿滿的斟了兩杯。

「唉呀，這怎麼好意思。那我就恭敬不如從命了，祝我們都身體健康。」

侍衛隊長說完便高舉著酒杯，而達太安卻一本正經的說：

「不，比起我們自己的健康，我們更應該祝福國王陛下和樞機主教黎塞留大人身體健康。」然後將酒一飲而盡。

這麼一來，侍衛隊長也完全相信達太安了。

侍衛隊長幾人一離開，波爾托斯就忍不住大叫：

「四個火槍手聚在一起，居然對那個可憐的人見死不救，真是丟臉！」

不過，阿拉密斯卻說：

「你還不明白達太安的意思嗎？稍微動點腦筋吧。達太安，你真了不起。」

「您這麼讚美我真不敢當。總之，從現在起，我們四人要同心協力。沒錯，我們終於要和樞機主教為敵，準備開戰了。我們就好好大幹一場吧！」
達太安已經完全當自己是親衛火槍手了。

波那瑟夫人

波那瑟遭到逮捕之後，黎塞留樞機主教手下的四、五名警察就來到波那瑟的房裡駐守，把前來拜訪波那瑟的人一個個都抓起來審問。

達太安住的房間在二樓，可以從另外一邊的樓梯上來。所以，來找他的人都不必經警察審問。

而且，多虧波那瑟事件，警察一點也不會懷疑達太安。

達太安拆下他房裡地上的木板，隔著一片天花板可聽見樓下房間的動靜。侍衛抓走波那瑟的第二天晚上，樓下傳來悶哼聲。達太安仔細一聽，是女人的聲音。

「你們抓我，到底想怎麼樣？我是波那瑟的妻子，也是王后的貼身侍女。」

女人的聲音漸漸嘶啞，接著傳來乒乒乓乓的聲響，聽起來像是女人硬被套上**口銜**，就要被帶走了。

達太安抄起劍跳了起來。

「布朗歇，快！快去把阿多斯、波爾托斯、阿拉密斯叫來。對了，阿多斯在特雷維爾隊長家裡。」

「主人，您呢？」

「我從窗戶跳下去，這樣比較省事。你把地上的木板放回去之後，從大門出去。」

說時遲那時快，達太安雙手按住窗框一撐，就從二樓跳下去了。

達太安敲了敲波那瑟的房門，門打開了。接著，達太安高舉著劍衝了進去。

這舉動立刻引起一陣騷動。鄰居紛紛驚訝的從窗戶

口銜
用來封堵嘴巴，不讓人發出聲音。

探出頭來，只見四個黑色勁裝的男子像被驅趕的烏鴉般倉皇逃走。

達太安不費吹灰之力就把敵人趕跑了。

波那瑟夫人幾乎昏厥過去，癱軟在椅子上。她是一頭棕髮、藍色眼睛，約莫二十五、六歲的美人。

有一條手帕掉在她的腳邊。達太安撿起來一看，手帕的一角就跟之前阿拉密斯的那條手帕一樣，有王冠的標誌。

達太安把那條手帕塞進夫人的口袋。這時候，夫人睜開眼睛了。她一臉驚恐的環顧四周，不過當她知道在千鈞一髮之際有人出手相救，她便嫣然一笑，並向達太安伸出手。

「是你救了我吧，真不知道該怎麼感謝你。真是的，那些人到底想把我抓去哪裡。對了，波那瑟到哪裡去了？」

「夫人，那些人是黎塞留樞機主教的手下呢。您的先生波那瑟已經不在這裡，昨天他被幾個官差抓走，關到**巴士底監獄**了。」

「唉呀，怎麼會被抓走，他這個人不會做什麼壞事啊。」

「就因為是您的先生，他才被抓走的。」

「這麼說來，你知道發生什麼事囉？」

「我還知道您被綁走了，您是怎麼逃出來的？」

「我趁著沒有人看守的空檔，把床單做成繩索，從窗戶爬下來了。」

「夫人，在這裡我們沒辦法詳談，要是剛才那些人再多帶一些幫手折回來，我們就完蛋了。雖然我也叫人去請我三位朋友過來，不過他們也未必都在。」

波那瑟夫人嚇得直發抖。達太安使勁拉著夫人的手，把她拉出門外，離家遠遠的。最後，他們總算來到一個安全的地方。

巴士底監獄

白路易十三到路易十六的時代，在巴黎專用來關政治犯的的監獄。原本是查理五世（一三六四～一三八〇年在位）為了守護巴黎東部而修建的城堡。有許多人曾關在這個監獄，在路易十六世時代的一七八九年，庶民起義革命，攻進監獄，解放了許多政治犯，也是法國革命的開端。（參考第34頁簡圖）

接著，達太安問夫人：

「接下來您打算怎麼辦？」

「不瞞你說，我也很煩惱。我想知道這三天羅浮宮裡發生了什麼事，原本打算叫我先生去波爾特大人那裡打聽的。」

「不如，就由我代替他去吧。」

「謝謝你。不過，宮裡的人認識波那瑟，你去的話恐怕……」

「原來如此。那麼，宮裡有沒有跟您關係較好的看門衛兵？然後，我可以用你們的暗號打通關。」

「告訴你暗號也行，不過，用過之後你就得立刻忘記，不然就麻煩了。」

「我發誓，我不會洩漏出去。」

「好，我相信你，非常感謝你的幫忙。不過，這段時間，我該在哪裡等你才好呢？」

正好，阿多斯家就在附近。達太安就帶波那瑟夫人到阿多斯家去。阿多斯雖然不在家，不過達太安對這裡已經熟門熟路，他借到備份鑰匙，讓波那瑟夫人進去。

「請您從裡面把門鎖上，任何人來都不能開門。」

然後，達太安就依照夫人所說，在羅浮宮的側門呼叫一個名叫傑爾曼的男子，並對他說出「特雷維爾與布魯塞爾」的暗號。傑爾曼對達太安鞠了躬之後退到門內，過了十分鐘左右，波爾特出來了。

達太安向波爾特說明事情發展至今的來龍去脈，並告訴他波那瑟夫人的下落。波爾特一聽急忙跑了出去，但又立刻折回來。

「年輕人，今天的事可能會對你造成麻煩，你要準備好不在場證明。你得先去找一個朋友，讓他證明你九點半的時候在他那裡。」

於是，達太安趕緊跑去特雷維爾隊長家，先請衛兵讓他進客廳等，並趁著客廳裡沒有人，把時鐘的指針往回調了四十五分鐘。

這時候，特雷維爾隊長出來了。

「怎麼了，都這麼晚了還來找我。」

「現在才九點二十五分，這個時間應該還不算太晚吧。」
「九點二十五分？怎麼可能。」
特雷維爾隊長歪著頭望向時鐘。
「我還以為現在更晚了。對了，你找我有什麼事？」
於是，達太安一五一十交代了圍繞在王后身邊的各種陰謀，還有黎塞留樞機主教準備對付白金漢公爵的計畫。
十點的鐘聲正好響了，達太安起身告辭。他下樓之後又悄悄回到客廳，確認特雷維爾隊長已經離開客廳了，趕緊把時鐘的指針調回原來的時間。

謎樣的事件

從特雷維爾隊長的宅邸回家的路上，達太安抬頭望著星空，時而嘆氣，時而陷入沉思。

達太安在想波那瑟夫人，覺得波那瑟夫人是他心目中理想的女性，既溫柔又美麗，雖然不是**上流階級**出身，卻有種難以言喻的高雅氣質。

走著走著，達太安來到阿拉密斯家附近，突然想順道去阿拉密斯家看看。

不久，阿拉密斯家就在眼前了。這時候，有個人影從對街走出來。那身影裹著一件披風，乍看之下還以為是個男的，但仔細一看，那身影矮小，動作也不像男人。啊，是女人！

那名女子咚、咚、咚敲了阿拉密斯家的**百葉窗**三下。接著，很快的，百葉窗的玻璃透出一道光線。

「阿拉密斯這傢伙，還說要研究神學呢，說謊也不打草稿，居然在這三更半夜偷偷跟女人幽會。呿！」達太安不由得啐了一口。

達太安以為百葉窗會立刻打開，沒想到那扇窗始終沒開啟。非但沒打開，連裡面透出的光線也熄了，周圍又恢復一片漆黑。

達太安繼續屏息等待。這回，從窗內傳來叩、叩連敲兩下的聲音。女子只敲了一下回應。

接著，百葉窗開了一條細縫。達太安在黑暗之中睜大眼睛注視著。女子從口袋裡掏出一件白色物品，並把它攤開給房間裡的人看，似乎是一條手帕。女子提示對方，要對方注意手帕的一角。

上流階級（第101頁）

本指貴族，到了十六世紀，國王出售官位，於是有錢的商人都能買到一官半職，成了所謂的「新貴族階級」。

百葉窗（第101頁）

為了遮光，在窗戶等地方斜斜的裝上好幾片窄木板，木板之間有間隔，可以防止雨水灑入室內，就算關緊窗戶也能通風、換氣。

達太安迅速從藏身的地方跳出來，閃身緊緊貼在房子的牆角，並小心不發出一點腳步聲。達太安從牆角望去，勉強可以看進阿拉密斯的房子裡。

達太安差點忍不住驚呼。和這個深夜來訪的女子說話的竟然不是阿拉密斯，而是另一名女子。房裡的女子也從口袋裡掏出一條手帕，然後把她的手帕，跟來訪的女子給她看的那條手帕交換。

接著，百葉窗關上，窗外的女子從達太安身邊走過。達太安大吃一驚，居然是波那瑟夫人。達太安趕緊跟在她後面。夫人聽見後面傳來腳步聲，拔腿就跑。

達太安輕輕鬆鬆就追上夫人。夫人驚嚇過度，腿一軟就跪倒在路上。達太安將夫人扶起來，和善的對她搭話。

夫人開心的叫了起來：

「唉呀，原來是你。謝天謝地！」

達太安問夫人是不是認識阿拉密斯。夫人說，她從來沒聽過阿拉密斯這個名字，今天晚上也是第一次到那間房子去。

夫人看起來完全不像在說謊。
「那麼，剛才在房間裡的是誰？」
「這我不能透漏。」
「夫人，您如此美麗溫柔，卻又如此神祕。」
「所以，你討厭我嗎？」
「不，我怎會討厭您呢，我覺得您非常出色。」
「那麼，我還要去另一個地方辦事，你送我去吧。」
於是，波那瑟夫人就在達太安的保護下前往另一地方。
達太安的任務，就是送夫人到一間房子的門口。
夫人輕聲說：
「再過不久，一切就會水落石出了。在那之前，請你什麼都別過問。」
到了目的地，夫人說：
「非常謝謝你，我們就此道別吧。請你不要再跟蹤我，或是偷偷在旁邊窺探了。」

「我也算是個男人，我向您發誓，我絕對不會這麼做。」

夫人敲了敲那間房子的大門三下，接著就閃身進屋內不見蹤影了。

達太安在回家的路上，覺得心裡有些空虛。在半路上，正好碰上布朗歇。

「不好了，主人，阿多斯先生被抓走了。」

「阿多斯那傢伙，為什麼不說自己和這件事沒有關係呢？」

「他是故意不說的。阿多斯先生偷偷對我說：『我對這件事並不清楚，所以就算被抓了也無所謂，反倒要是達太安被抓就糟了。我就代替他去關一下，好讓他放手一搏。再說，三天之後，只要我報出自己的名字，他們就會馬上放我回來了』。」

「嗯，太感謝他了，這真像阿多斯的作風。」達太安對阿多斯心懷感謝。

布朗歇又說波爾托斯和阿拉密斯不在，不過，他們聽了別人帶的口信之後，應該就會過來。

於是，達太安要布朗歇留在家，自己則直奔特雷維爾隊長宅邸。他認為，這次遇上的怪異事件，一定要先向特雷維爾隊長報告。

可是很不巧，特雷維爾隊長不在家。今天輪到火槍手隊守衛宮殿，所以隊長也到宮殿去了。

於是達太安朝宮殿奔去。到了宮殿附近的**新橋**時，達太安看見前方有一男一女結伴而行，他不禁大吃一驚。

他很肯定那名女子就是波那瑟夫人，而男子的身形簡直和阿拉密斯一模一樣，還穿著火槍手的制服。女子披風的**兜帽**拉得很低，男子則以手帕遮著臉，好像怕被人看見。

達太安的怒氣油然而生。明明就在十五分鐘前波那瑟夫人才說她沒聽過阿拉密斯這個名字，達太安覺得自己被人背叛、戲弄了。

新橋

塞納河上的一座橋，一六〇五年完工。當時，每一座橋上都並排著幾棟房屋，只有這座橋上沒有房屋。（參考第34頁簡圖）

達太安加快腳步超越那兩人，然後迅速回過身來擋在他們面前。兩人突然停下腳步。

「有什麼事嗎？」男子說，聽起來有外國人的口音。

「咦！原來不是阿拉密斯？」

「看你如此驚訝的樣子，應該是認錯人了，就原諒你吧。」

「原諒我？」

「是啊。如果你不是找我的話，就讓我過去吧。」

「的確，我不是找你，我要找的是你身邊這位女士。」

「唉，你真是的，剛剛你不是才以男人的榮譽對我發過誓嗎？」

兜帽

包著頭和臉的布製頭罩。除了禦寒、防灰塵之外，還可避開別人的目光。

波那瑟夫人責備般的語氣，挫了達太安銳氣。

「好了，我們走吧。」

男子對夫人一說完，就伸手推開達太安。

達太安突然往後退了一步，同時拔起劍。

對方也迅速拔起劍。

「請等一等，公爵大人！」

波那瑟夫人擋在兩人中間。

聽見夫人這麼稱呼那個人，達太安嚇了一跳。

「這麼說來，你該不會是……」

「沒錯，他就是白金漢公爵。」波那瑟夫人小聲對達太安說。

「剛才真是失禮了。請您原諒。為了補償在下的魯莽之過，在下願為閣下捨命效勞。」

「那麼，我就欣然接受你的好意了。在我們抵達宮殿之前，你就離我們二十步左右，跟在後面保護我們吧。」

「遵命。」

於是，達太安的劍也不收了，就這麼跟在兩人身後。一路上沒有人來礙事，白金漢公爵和波那瑟夫人平安進了羅浮宮。

達太安在回家的路上，想著今天晚上發生的事，他怎麼樣也解不開其中的謎團。他雖然無法靜下來思考，但還是做出以下的推測：

在阿拉密斯家的女子，一定是之前手帕事件那時，一位火槍手提到的和阿拉密斯很要好的那位夫人。波那瑟夫人和那名女子互相看了對方的手帕。對了，那條手帕的一角有王冠和徽章的刺繡，可以推測說那些刺繡是聯絡用的暗號。所以，波那瑟夫人是向那位夫人打聽白金漢公爵的藏身之處，然後帶公爵到羅浮宮……

達太安覺得謎底好像解開了，總算能放心回家。

安妮王后和白金漢公爵

白金漢公爵變了裝，他穿著那天晚上負責守衛宮殿的火槍手隊的制服，所以看門的衛兵沒有起疑。

而波那瑟夫人是王后身邊的侍女，她要進宮當然沒問題。

進入宮殿的兩人沿著牆壁走了約二十五步。接著，波那瑟夫人輕輕的把一扇夜晚總是緊閉的小門推開，避免發出聲音。穿過那扇門之後，眼前一片漆黑。

夫人牽著公爵的手，兩人摸黑往前走。遇到階梯時，他們先試探階梯的高度，握著扶手慢慢往上爬。然後，兩人過了一個彎、又走過一道長廊之後，夫人終於將公爵帶到某個房間，室內只有一盞昏暗燈光。夫人把公爵留下，便逕自離開了。

白金漢公爵是個大膽又喜歡冒險的人，他雖然是被一封假冒王后之名寫的信騙來巴黎，即使知道這是黎塞留樞機主教設下的陷阱，他也沒有立刻回英國，甚至想利用這個機會和王后見面。

王后也想在見到公爵之後，勸他回英國。波那瑟夫人原本要在暗中去接應公爵，但就在那一天被綁走了。

不過，就像之前提到的，夫人順利脫逃，並且聯絡上波爾特，計畫才能順利執行。

公爵今年三十五歲，他在整個英國、法國，都是出了名的最英俊、最有氣質的貴族。他也是英國首相，英國國王很器重他。

所以，公爵非常有自信，一旦下定決心，就會朝向目的勇往直前。這樣的他才能擄獲美麗又自恃甚高的安妮王后的心。

站在鏡子前的公爵撥了撥散亂的金髮。這時候，藏在壁簾後的門打開，一位女子走了出來。看著鏡子裡映出的身影，公爵忍不住驚呼一聲，那位女子正是王后。

法國國王路易十三世的王后，奧地利．安妮當時二十六、七歲。王后的美貌讓他看得入迷，公爵好一陣子說不出話來。

雖然他曾在舞會或晚宴上見過王后，但此刻的王后卻有一種截然不同的美。王后穿著白色緞子的衣服，她那散發出**祖母綠色**的眼睛，充滿著溫柔和女神般的威嚴。

王后向前走了兩三步。公爵立刻上前跪倒在王后腳邊，親吻她衣裙的下襬。

王后說：

「公爵，您應該已經知道了，那封信並不是我寫給您的。」

「是的，我知道。不過，我來到這裡絕對不是白走一趟，因為我已經見到您了。」

「我跟您見面，是為了要告訴您，我們不能再見面

祖母綠色

祖母綠是寶石的一種。這裡是指祖母綠特有的翠綠色。

了。」

「在這三年裡，我們見面的次數，加上今天也不過四次而已。」

「雖然只有四次，但是已經有很多人在背地裡閒言閒語了。國王陛下受到黎塞留大人的煽動，為此大發雷霆。當您想以大使的身分來法國訪問，國王陛下是第一個反對的，您應該還記得才對啊。」

「我想忘也忘不了。您剛才說，我們不能再見面了。不過，就算您不想，我也會讓您每天都聽到我的名字。」

「您這麼說是什麼意思？」

「現在，反抗法國國王和黎塞留樞機主教的**新教徒**據守著**拉羅歇爾**，我計畫跟他們結盟。

新教徒

指相對於絕對遵從羅馬天主教會的教誨（舊教徒＝天主教），反抗天主教會的獨裁支配和墮落，並以加爾文、路德這些宗教改革者的指導為基礎，重新研究聖經，起義恢復原本的基督教的一群人（基督新教）。

戰爭的最後會談判和解，而我就會是談判的使節。到時候，國王陛下就不會趕我走，我就能來到巴黎，和您見上一面，這就是我的意思。

一旦演變成戰爭，就會有很多人戰死沙場，我為此感到遺憾，可是為了再見您一面，那也是不得已的事。」

「唉，您怎麼會說出這麼殘忍的事。」

「話說，我做了奇怪的夢，我夢見我就快要死了。」

「說到這……」

王后的臉色突然變了。

「我也夢見了。我夢見您滿身是血，倒在血泊中。」

「有一把短刀，刺進我的左邊肋骨。對不對？」

「是的，正是如此。不過，是誰告訴您我做了這種

拉羅歇爾（第113頁）
法國西南部臨大西洋岸的港口城市。對法國國內的新舊教徒之爭感到困擾的亨利四世，在一五九八年頒布聖旨（國王的直接命令），決定只有新教徒能住在這個港口城市。（參閱卷首地圖）

夢呢？」

「我不是聽別人說的。」

公爵感到胸前一陣熱血沸騰，他認為一定是他與王后兩人心心相印，才會做了一樣的夢。

公爵感到心滿意足了，他請王后給他一件她身邊的物品，好讓他回憶這位可能再也見不到面的人兒。

王后回到起居室，隨即拿著一個小盒子出來。盒子上用金絲鑲滿了王后的名字。

「這盒子您收下吧。」

公爵接過那個小盒子，並在王后美麗的手上吻別。公爵說：

「只要我還活著，這半年內，我一定會來見您。」

波那瑟夫人一直在房間外面等著。回程的路上，她同樣小心翼翼，順利的把公爵送出了宮殿。

波那瑟遭審問

故事再回到被警察抓走的波那瑟，他直接被送進巴士底監獄關了起來。在獄警一陣欺侮、拳打腳踢之後，又被拖到審問室。那是一間天花板很低又昏暗的房間，裡頭坐著一名鼻子尖尖、眼神銳利的審問官。

審問官開始述說像波那瑟這種身分低賤的老百姓牽扯上政治的下場會有多麼悽慘，他還威脅波那瑟，和黎塞留樞機主教作對的人，都會受到可怕的處罰。

波那瑟原本就是個膽小的人，聽了不禁全身發抖。

「大人，我一直很尊敬黎塞留大人，我不明白為何我會被帶到這種地方來。」

「因為你犯了叛國罪。」

「叛國罪？」

波那瑟臉色慘白的大叫。
叛國罪就是對國家謀反的重罪，刑罰也是最重的。
「你不是有個妻子嗎？」
「是，她被人擄走了。」
「是嘛。」
聽見波那瑟這麼說，審問官並沒有很驚訝。
波那瑟當天就被關進地牢。他非常害怕的坐在板凳上，只要有一點點聲音便嚇得膽戰心驚，就這麼過了一晚。
波那瑟也知道，這件事的起源是自己的妻子。他想一定是妻子做了什麼壞事，害他也受到牽連了。
第二天一大早，審問官來了。
「你這件案子變得越來越麻煩了。你最好一五一十交代清楚，昨天你到達太安家做什麼？」

「我去請他幫我找回我的妻子。」

「然後呢？達太安怎麼回答？」

「他說他會幫我，叫我放心。可是我漸漸覺得，他是個不值得信任，做事馬虎的人。」

「你說謊！達太安依照跟你的約定，把那些抓走你妻子的人趕跑了，而且從那之後，你的妻子又下落不明了。」

「大人，您說的是真的嗎？」

「我現在就讓你看看證據。」於是，審問官命令部下：

「把達太安帶上來！」

部下立刻去把牢裡的阿多斯帶過來。

「達太安先生，現在就請你交代清楚，你跟這個人是什麼關係。」

「這位先生，他、他不是達太安先生啊。」波那瑟驚訝的叫道。

「什麼？你說他不是達太安？」

審問官慌張的問阿多斯：

「你叫什麼名字？」

「我叫阿多斯。」

「你一開始不是說你叫達太安嗎？」

「別開玩笑了，是你們硬把我當成達太安吧。」

波那瑟從旁插話了。

「大人，達太安才不過二十歲左右，這位先生至少已三十歲了吧。再說，達太安是艾薩爾大人的侍衛，而這位先生是特雷維爾大人的火槍手，您看，他身上還穿著火槍手的制服呢。」

「原來如此，你說得沒錯。」

審問官雖然這麼說，但他並沒有打算放阿多斯回去，庭後仍將波那瑟和阿多斯押回牢房。

那天晚上九點左右，波那瑟正準備要睡了，看守衛兵來把他帶出牢房。

波那瑟以為要被砍頭了，嚇得魂飛魄散。在馬車運送的途中，看見廣場上聚集了好多人，以為街上的人是來看他被斬首，便暈了過去。

不久之後，波那瑟恢復意識，被帶到某間休息室，波那瑟覺得他在做夢。

波那瑟的腦筋總算清楚一點之時，又再被帶到一間氣派的房間裡，牆壁上掛滿了各式各樣的武器，有個人表情嚴肅的站在**暖爐**前面，他銳利的眼神，瞪著波那瑟。

這個人就是法國的首相黎塞留樞機主教。不過，波那瑟沒見過首相，他只知道應該是個地位崇高的人物。

黎塞留樞機主教開口問他：

「你和你的妻子、**謝弗勒茲夫人**，還有白金漢公爵

暖爐

爐口鑲在牆面上，排煙管埋在牆壁裡的暖氣設備。又稱為壁爐。

聯手密謀造反……」

「冤枉啊，大人，這些名字我雖然偶爾聽我妻子說過，但要說是造反實在是……」

「你聽說了什麼？」

「她說，黎塞留大人把白金漢公爵引來巴黎，就是要一起殺了他和王后之類的。」

「你的妻子是這麼說的？」

「是的。可是，我常常對她說，黎塞留大人不是那種人。」

黎塞留樞機主教這下很清楚瞭解了，波那瑟跟這件事一點關係也沒有。

「你應該經常去宮殿接你的妻子吧，那時候，她都直接跟你回家嗎？」

謝弗勒茲夫人（第121頁）（一六〇〇～一六七九年）原是路易十三世的部下魯昂元帥的夫人，丈夫死後，改嫁謝弗勒茲公爵。她足智多謀，在政壇上也很活躍。她和路易十三世聯手與黎塞留樞機主教作對，因而被放逐三次。即使如此，她仍然藏身於地方上，或者潛入巴黎，幫助安妮王后和她的親信。

「沒有，她都會去布料店。」

「布料店在哪裡？」

波那瑟說出布料店的地點。

「那時候，你也跟她一起進去嗎？」

「從來沒有，我總是在門口等她。」

「你的妻子總是一個人進去，難道你不覺得奇怪嗎？」

「我並不覺得有什麼不妥。她叫我等著，我就等著。」

「波那瑟先生，你可真是個徹頭徹尾的好好先生呢。」

波那瑟心想，好極了。他在心中暗道，這位大人居然叫他波那瑟先生，情勢有轉機了。

黎塞留樞機主教搖起銀製的鈴鐺，一名侍衛進來了。

「去幫我叫羅什福爾過來。」

「羅什福爾伯爵大人正好到了。」

「立刻叫他過來。」

侍衛出去之後還不到五秒鐘，便有人走了進來。

波那瑟一看到那個人就大叫：

「啊，就是他！」

「就是他是什麼意思？」黎塞留樞機主教問。

「就是他擄走我妻子的……」

黎塞留樞機主教又搖起鈴鐺，叫侍衛進來。

「把這個人帶走。在我傳喚之前，好好看著他。」

波那瑟以為自己說了伯爵壞話，又要被抓回去拷打了，拚了命解釋，想收回自己說過的話。

黎塞留樞機主教和羅什福爾伯爵

羅什福爾伯爵不耐煩的等著不斷哭喊的波那瑟被拉出房間外。等到房門一關上，伯爵就毫無顧忌的走到黎塞留樞機主教身邊。

「那兩個人終於見面了。」

「你說王后和公爵？他們在哪裡見面？」

「在宮殿裡。」

「你聽誰說的？」

「聽王后的侍女——蘭諾瓦夫人說的，她是我們的人。」

「那個時候，王后離開自己的房間多久？」

「四十五分鐘左右。不過蘭諾瓦夫人說，王后途中曾回到房間一次，拿了鑲著自己名字的小盒子又出去了。」

「蘭諾瓦夫人知不知道那小盒子裡放了什麼？」

「她說盒子裡是國王陛下送給王后的鑽石**流蘇首飾**。」

「照蘭諾瓦夫人的看法，王后把首飾交給白金漢公爵了？」

「她是這麼說的。」

「她這麼說的理由是？」

「第二天，蘭諾瓦夫人找過那只小盒子，可是找不到。她問王后的時候，王后一臉為難的說她派人拿去修理了。我去找過**工藝師**，可是工藝師說，他根本不知道這件事。」

「很好。雖然不小心讓王后和公爵見到面是我們的

流蘇首飾

以線串起、前端分散的物品稱為「流蘇」，可縫在衣服上當裝飾。這裡是指流蘇上鑲著碎鑽的飾品。

失策，不過看情況，也許可以好好利用這件事。對了，羅什福爾，我找到謝弗勒茲夫人和白金漢公爵的聯絡地點了。」

於是黎塞留樞機主教就說了剛才從波那瑟口中聽來的布料店地點。

「要我立刻去捉拿他們嗎？」

「太遲了，他們應該已經逃走了。」

「不過，我還是去看看吧。」

羅什福爾伯爵立即動身離開。

之後，波那瑟又被帶回來。

波那瑟終於知道審問自己的人就是黎塞留樞機主教，一進門，他就跪在樞機主教的腳邊。

黎塞留樞機主教笑著對波那瑟伸出手。

工藝師（第127頁）

用手工製作精緻物品的工匠師傅，這裡是指以加工寶石、製作首飾為職業的人。

「起來吧，你實在是個大好人。」

主教以肉麻的語氣接著說：

「我居然懷疑一個毫無罪過的人，真的很抱歉。這個袋子裡有一百皮斯托爾，你拿去吧，請原諒我。」

「您這番話我實在承受不起，謝謝大人。」

波那瑟喜極而泣，不斷鞠躬哈腰，然後退了出去。

不久之後，羅什福爾伯爵回來了。

「可惜，讓他們逃走了，聽說公爵今天早上出發了。」

黎塞留樞機主教看著時鐘說：

「嗯，現在去追也追不上了。」

羅什福爾伯爵回去之後，黎塞留樞機主教寫了一封信。然後他搖起鈴鐺，對進來的侍衛吩咐一些事。

過了不久，一個旅人打扮的人進了房間。

「你火速趕到倫敦去，路上一刻也不要停留。然後，把這封信交給米萊迪。這兩百皮斯托爾是你的旅費，如果你能在六天之內就辦妥事情回來，我會再賞你兩百皮斯托爾。」

男子鞠了個躬，就拿著信和皮斯托爾離開了。

那封信的內容如下：

米萊迪：

我要妳去參加白金漢公爵會出席的舞會。公爵身上應該會別著串有十二顆鑽石的流蘇首飾。妳設法接近他，摘下其中兩顆。鑽石一到手就立刻通知我。

設下陷阱

事發第二天，達太安和波爾托斯向特雷維爾隊長報告，說阿多斯遭警察帶走之後就沒回來了。

而阿拉密斯則是從事發當天起就請了五天假，出去旅行了。

特雷維爾隊長對部下視如己出，聽完達太安他們的報告之後，他立刻就去找**警政署長**。經過調查之後，得知阿多斯還關在監獄裡。

特雷維爾隊長接著趕往宮殿。

路易十三世正好在和黎塞留樞機主教談話。國王一看到特雷維爾隊長進來，馬上對他說：

「你來得正好，黎塞留才要我懲罰你的部下達太安。」

「請問陛下，這又是怎麼一回事？」
一旁的黎塞留樞機主教口氣嚴厲的說：
「前幾天晚上，達太安砍傷了我的侍衛，行為十分粗暴。」
「請問是什麼時候的事？」
「就在前天晚上九點半。」
特雷維爾隊長聳了聳肩說：
「那就怪了，前天晚上九點半，達太安在我家呢。您去問我家裡的任何一個人都能替我作證。」
黎塞留樞機主教歪著頭，陷入沉思。
接著，特雷維爾隊長對國王說：
「陛下，我今天來拜見您，就是和這件事有關。我的部下阿多斯被誤認為是達太安，現在正關在監獄

警政署長（第131頁）
警察組織中，位階最高的主管。法國的警察制度始於十六世紀，由巴黎高等法院派任警察到各地駐守，到了十七世紀，黎塞留樞機主教更在全國配置警察人員。

裡。獄警就算知道他是阿多斯，卻無論如何不肯放他出來。

在陛下公平的治理之下，難道會允許這樣的事情發生嗎？更何況，阿多斯是陛下最忠誠的手下。」

「哦？居然還有這種事，我馬上寫一通命令，要監獄放他出來。」

特雷維爾隊長接過命令之後，就把錯愕的黎塞留樞機主教拋在身後，得意揚揚的離開宮殿了。

不過，黎塞留樞機主教也不是容易示弱的人，不可能輕易認輸。他看著特雷維爾隊長離開之後，就一步一步靠近國王，悄悄對國王說：

「陛下，我有重要的事稟報。您可知道白金漢公爵五天前來過巴黎，他才剛回去不久。」

「什麼！白金漢公爵來巴黎？他來做什麼？」

「他當然是來跟反抗陛下的新教徒和**西班牙人**聯絡。」

「不，不可能。他一定是來跟謝弗勒茲夫人她們一起讓我蒙羞的。」

國王認為白金漢公爵是來見王后，這一點黎塞留樞機主教再清楚不過了。

不過，黎塞留樞機主教卻假裝不知情。

「我還是認為，白金漢公爵這一趟純粹是政治上的目的。」

「不對，他來這裡肯定有其他目的。要是王后亂來的話，我決不寬恕！」

「話說，今天早上，我聽蘭諾瓦夫人說，王后昨天晚上很晚了還不就寢，今天早上不但流了許多眼淚，還一整天都在寫信。」

「這就對了，她在寫信給那個男人。我一定要把那封信弄到手。」

國王徹底陷入黎塞留樞機主教設下的陷阱了。

西班牙人（第133頁）

安妮王后是當時西班牙國王（費利佩四世）的姊姊。當時，她偷偷與法國國內的西班牙人聯絡、尋求協助，想要放逐黎塞留樞機主教。這件事對於想要削弱西班牙王朝勢力的路易十三世和黎塞留樞機主教而言是很大的打擊，所以他們更不能放過愛著安妮王后、還幫助她的白金漢公爵。

「黎塞留，你既然知道這件事，為何不派人抓住白金漢公爵？」

「逮捕英國的首相？沒有正當的理由絕不能這麼做。」

「可是，他像個竊賊一樣來這裡遊蕩，不如乾脆……」

不如乾脆殺了他。黎塞留樞機主教想聽國王說出這句話。不過再怎麼樣，國王仍然說不出口。

總之，王后的起居室很快就被搜查了。王后因感到極度羞辱和憤怒而發抖，她把那封有問題的信交給國王。

可是，那封信並不是寫給白金漢公爵，而是寫給她的弟弟——**西班牙國王**的信，信裡寫著黎塞留樞機主教

西班牙國王

這裡是指費利佩四世（一六〇五～一六六五年。）他將政事都交給寵臣歐力威爾公爵掌管，自己沉迷於技藝，不過他也是有名的藝術保護者，因此那時代出了許多代表西班牙黃金世紀的藝術家。他在位的時期，西班牙與荷蘭的十二年休戰協定到期，兩國又展開戰爭。又在和法國的領土抗爭中戰敗，導致國力衰弱。國內也相繼發生叛變，政局不穩定。

的壞話。

國王垂頭喪氣的走出王后的起居室，並對期待著搜查結果的黎塞留樞機主教說：

「唉，黎塞留，我誤會了。你說的果然沒錯，是政治上的陰謀。」

這時候，黎塞留樞機主教突然靈機一動。

「我想，王后一定非常生氣，陛下應該要做些什麼，以安慰王后。」

「嗯，是啊……」國王陷入沉思。

「您覺得這樣如何？可以舉辦一場熱鬧的舞會。您也知道王后最喜歡跳舞了，只要王后感受到陛下的心意，她的怒氣就會平息了。」

「我討厭舞會。」

「王后也知道您討厭舞會，正因為如此，王后才會更開心。而且，這是可以讓王后戴上陛下送的鑽石流蘇首飾的大好機會，不是嗎？」

「說得也是，我考慮考慮。」

國王雖然沒有明確答應，但是他已在想著該如何跟王后和好。至於王后這一邊，信件被抄走，王后以為自己一定會受到責備。可是，國王卻對信件的事隻字不提，反而提起最近要舉辦舞會，想討她歡心。

不過，什麼時候要舉辦舞會卻一直定不下來。因為黎塞留樞機主教在等一封從倫敦寄來的信。

有一天，那封信終於送到了。蓋有倫敦郵戳的那封信上，寫著這麼幾句話：

東西已經到手了。但是旅費不夠，我還不能離開倫敦。請您寄五百皮斯托爾過來。收到錢的四、五天之內我就能趕回巴黎。

黎塞留樞機主教掐著指頭默算。

「把錢寄到倫敦要四、五天。米萊迪收到錢之後又要四、五天才回到巴黎。總共要十天。再考慮到女人的腳程較慢，以及可能會發生意外的耽擱，只要有十二天的時間，應該就沒問題吧。」

於是，國王問起舞會日期的時候，黎塞留樞機主教回答：

「今天是九月二十日，而市政府要在十月三日舉行慶祝會。所以，我們在那天舉辦的話也非常合適。」

接著，黎塞留樞機主教又補充一句：

「對了，陛下，舞會的前一天，請您對王后說您想看她戴上那只鑽石流蘇首飾。」

波那瑟改變心意

這已經是黎塞留樞機主教第二次提到那只鑽石流蘇首飾了。國王心想，其中肯定有什麼緣故。於是，國王去見王后，有意無意的把黎塞留樞機主教再三提醒要在舞會前一天才對王后說的事說出來了。

「不久之後，就要在市政府舉辦舞會了。黎塞留樞機主要我提醒妳，到時候可別忘了戴上我送給妳的生日禮物，就是那只鑽石流蘇首飾。」

王后一聽嚇得臉色發白，幾乎要暈了過去。她手扶著小茶几，驚恐的望著國王，一句話也答不上來。

「知道了嗎？」

「我知道了。」

王后支支吾吾的回答。

國王這才高高興興的離開。

「完了。黎塞留大人什麼都知道了。陛下雖然還不知道，但是他很快就會發現了。怎麼辦，怎麼辦……」王后當場哭倒在地。

「王后、王后，我能為您效勞嗎？」忽然有人小聲說道。

王后回頭一看，有一扇門悄悄打開，門後是美麗的波那瑟夫人。

剛才國王進來時，夫人正在旁邊的小房間整理東西，來不及退下，所以剛才的對話她都聽見了。

夫人已經猜到，王后把那只鑽石流蘇首飾送給白金漢公爵了。

「我們必須派人去見公爵，把鑽石要回來。」

「可是，到底誰靠得住呢？」

「王后，這件事交給我吧，我一定會找到一個可靠的人。」

「還需要一封信讓公爵知道是怎麼回事。可要是這封信落入壞人手中，一切就完了，我的名聲、我的性命……」

可是，沒有其他方法了。

「我丈夫是個老實人，只要我要求，他什麼事都會答應。他一定會把信交到收信人手中，甚至不知道那是王后的信。」

於是，王后立刻寫了一封信，交給波那瑟夫人。

波那瑟夫人親吻了王后的手，然後像隻輕盈的小鳥，一閃身就消失了。

波那瑟被釋放回家以來，波那瑟夫人還沒見過丈夫，她還不知道丈夫已經被黎塞留樞機主教拉攏了。

在那之後，羅什福爾伯爵已經來找波那瑟兩、三次，還不斷對波那瑟洗腦：「黎塞留大人非常信任你，不管是財富還是名聲，你要多少就有多少。」因此，波那瑟完全是站在黎塞留這一邊了。

不知情的波那瑟夫人回家對丈夫這麼說：

「我有話對你說。」

「我也有事想問妳，妳被帶走那時候的情形，好好跟我解釋解釋。」

「那件事待會再說。」

「那麼，說說我被抓走的事吧。」

「你又沒犯什麼罪，應該沒什麼好擔心的吧。」

波那瑟氣得直跳腳。

「聽好了，我可是被關進巴士底監獄，受到殘忍的對待啊！」

「先別說這個了，我還有更重要的事要說，有一大筆錢會進帳呢。」

如果是以前的波那瑟，只要一聽到錢，他的眼睛會立刻發亮，不過，現在他不會這麼容易心動了。

「一大筆是多少？」

「大約有一千皮斯托爾。」

「這麼說，是很重要的事囉？要做什麼？」

「我會給你一封信，你拿著這封信立刻啟程，目的地是倫敦。」

「倫敦？我才不去呢。」

「送信的、收信的都是非常尊貴的人，所以酬勞也多得嚇人呢。」

「依我看，肯定又是什麼陰謀吧，黎塞留大人已經細心開導我，我再不想受那種事連累了。」

「黎塞留大人？」

「妳聽好了，人家黎塞留大人可是親自握著我的手，說我是個大好人呢。從現在起，我要為黎塞留大人效勞，為國家盡力。」

「國家大事你就別操心了吧。守好市民的本分，往錢多的地方靠就對了。」

「真的，你說對了。」波那瑟拍了拍裝滿錢幣的袋子。

「怎麼樣，不只黎塞留大人，連羅什福爾伯爵大人都給了我一大筆錢呢。」

「就是那羅什福爾把我擄走的啊。」

「也許是吧。」

波那瑟夫人心想，糟了！這時她終於發現波那瑟已經被對方收買了。

波那瑟也心想，糟了，要是剛才假裝答應妻子，就能拿到那封重要的信件了。如果把那封信拿給黎塞留大人的話，一定會得到一大筆獎賞。

接著，波那瑟想盡辦法討妻子歡心，可是波那瑟夫人再也不提那封信的事了。波那瑟只好放棄。不過，他已經知道王后想要送信去倫敦，他認為這件事必須要通知黎塞留大人，於是便急急忙忙出門了。

一個人留在家的波那瑟夫人不知道該如何是好。

「唉，怎麼辦。虧我這麼信誓旦旦的向王后承諾，波那瑟那傢伙，事到如今，只好跟他反目成仇了。」

突然間，天花板傳來叩叩的敲擊聲。波那瑟夫人驚訝的抬起頭，上面傳來達太安的聲音。

「夫人，請您把防火巷的小門打開，我這就下去見您。」

不一會兒，達太安就進了屋裡。

「夫人，我都聽見了，王后想派一個勇敢又忠誠的人去倫敦對吧，請把這個任務交給我。」

夫人一直盯著這個年輕人看，年輕人的眼神裡燃著熊熊的熱情。於是夫人下定決心，把所有的事都告訴了達太安。

達太安臉上閃耀著被託付重要工作的喜悅和驕傲。

「那麼，我立刻出發。」

「你身上有錢嗎？」

「您這麼一說，我身上確實沒有多少錢。」

接著，夫人打開一個櫃子，把剛才波那瑟放進去的袋子拿出來。

「這個你拿去吧，不用客氣，反正是波那瑟從黎塞留樞機主教那裡得到的錢。」

「用樞機主教的錢來幫助王后，真是諷刺呢。」達太安哈哈大笑。

「噓！」波那瑟夫人突然伸手抵住達太安嘴巴。

街上傳來波那瑟的聲音。

兩人悄悄上了二樓達太安的房間。從百葉窗的縫隙間，可以看見波那瑟跟一個穿著黑色披風的男子站著講話。

達太安一看之下便突然緊握著劍，衝向窗口。

「是那個人！是羅什福爾伯爵！」

「不行！你的生命現在已經獻給王后陛下了！」

達太安只好咬緊牙關忍了下來。

過了不久，波那瑟他們進到屋子裡。不見夫人的身影，羅什福爾伯爵便回去了。

波那瑟想再看一眼那只裝滿錢的袋子，於是他打開櫃子，發現袋子不見了！

「小偷！有賊啊！」波那瑟驚慌失措的衝了出去。

「好了，你該出發了。」波那瑟夫人說。

「請放心，等我的好消息吧。」

達太安披著一件大披風，腰裡掛著長劍，英勇的奔出了家門。

第三部　前往倫敦

出發

深夜兩點鐘，寂靜的巴黎城市的**鋪石子路**上發出噠噠的馬蹄聲，有八匹馬在路上奔馳著。

前面四匹是全身烏黑的馬。騎馬的是達太安、阿多斯、波爾托斯、阿拉密斯四人，後面四人則是他們的隨從。

八匹馬穿過**聖丹尼門**，馬不停蹄的直奔渡海到英國的港口，**加萊**。

故事回到稍早之前。達太安從波那瑟夫人手中接過要給白金漢公爵的信之後，就立刻前往特雷維爾隊長的宅邸。

不過，達太安並沒有向隊長詳細說明理由。他只說，他要為王后效勞，所以請隊長幫他向艾薩爾侯爵請兩個星期的假。

特雷維爾隊長也不過問達太安的理由，立刻答應他的請求。

「你要一個人去嗎？」

「是的。」

「一個人去，恐怕你在半路上就會沒命。」

「那也是光榮殉職。」

「可是這樣你就沒辦法完成任務了。既然如此，我也幫阿多斯、波爾托斯、阿拉密斯三人都找個理由，讓他們也休假兩個星期。」

三位火槍手突然從特雷維爾隊長那裡接獲休假通知，他們都非常驚訝。

不過，當達太安對他們說出其中原委之後，大夥立刻充滿鬥志。

鋪石子路（第149頁）

地面上並排鋪著扁平石頭的道路。當時，道路中央有小水溝，可排放雨水、污水。

聖丹尼門（第149頁）

十七世紀，圍起巴黎的城牆北側入口城門。（參考第34頁簡圖）

「可是，咱們有錢嗎？」波爾托斯問。
達太安打開波那瑟的錢袋。
「這裡有三百皮斯托爾，我們四人平分。每個人有七十五皮斯托爾，足夠去到倫敦再回來了。」
於是，四人開始擬定作戰計畫。
首先，達太安說：
「我們的任務是把信送達目的地。那封信現在在我的口袋裡，萬一途中我不幸喪命，你們其中一人就接過信，繼續趕路。要是那個人再遇難，另一個人再接過信，依此類推，直到把信送到為止。」
「這方法不錯。」阿多斯贊成這個計畫。
「四人一起行動的話，路上遇到什麼人都不怕了。我們也讓隨從帶著**手槍**或火槍吧。」

加萊（第149頁）
法國北部的港口城市。與英國隔著多佛海峽，是法國最接近英國的地方。
（參閱卷首地圖）

手槍
單手就能擊發的槍。又稱為短槍。當時的手槍類似同一時期使用的滑膛槍。是從槍口裝入火藥和子彈，再用打火石碰撞金屬起火、射出子彈的單發槍。

「既然信在達太安身上，這趟任務就由達太安當隊長吧，我們就聽達太安的命令行動。」

「贊成！」

就這樣，火槍手們從巴黎出發了。

不久之後，天亮了。他們八點左右抵達**尚蒂利**，四人走進一家旅館吃早餐。

旅館的餐廳裡，有一名貌似貴族的男子獨自飲酒。他見四人進來，便跟他們閒話家常。然後，四人用完餐準備起身時，那名男子突然抓著波爾托斯說：

「為敬愛的黎塞留樞機主教大人的健康乾一杯吧。」

波爾托斯說：

「好啊，但是我們得先為國王陛下乾杯。」

男子卻堅持說：

尚蒂利

位於巴黎北邊約四十公里處的城鎮。以浮在湖面上的城堡和美麗的森林聞名。（參閱卷首地圖）

「還輪不到國王呢，我們要先為黎塞留樞機主教大人乾杯。」

急性子的波爾托斯氣得大叫：

「你說這什麼話，醉鬼！」

男子突然拔劍要決鬥。

「看你幹的蠢事，波爾托斯。我們得先走一步了，你解決那傢伙之後就盡快追上來！」

阿多斯說完之後就留下波爾托斯，和其他人跳上馬離開了。

「想不到這麼快就少一個人了。」走了一段路之後，阿多斯說。

「可是，剛才那個人明顯是針對波爾托斯找碴，到底為什麼？」阿拉密斯歪著頭思考。

「沒什麼，就因為波爾托斯說話的聲音最大，把波爾托斯當成我們的首領了吧。」達太安說。

大夥決定在**博韋**等波爾托斯。可是，等了兩個小時，仍然不見波爾托斯趕上，這趟任務很緊急，他們只好趕緊再出發了。

從博韋走了四公里左右，一行人碰上一處道路施工。

道路兩邊是懸崖，路又狹窄，路上有八、九個工人在泥濘裡幹活。

阿拉密斯不想弄髒自己的長靴，於是對工人們大喊：

「喂、可以讓一讓嗎？」

工人們回了一句：

「要過去就過去，少廢話！」

由於工人回話的口氣實在太粗魯，就連平常很冷靜的阿多斯也忍不住怒火中燒，策馬衝向他們當中的一人。

博韋（第153頁）

位於尚蒂利西北邊約三十公里處的城市。這個城市以哥德式（有尖塔等特徵的建築樣式）的聖彼得大教堂聞名。（參閱卷首地圖）

工人們趕緊退向道路兩邊，然後拿出藏在水溝裡的火槍，霎時間彈如雨下。

「是陷阱！別跟他們對上，快趕路！」達太安大喊。

可是就在此時，阿拉密斯的肩膀中了一槍。波爾托斯的隨從木斯克東的腰部也中了一槍，摔下馬來。

阿拉密斯雖然強忍著肩上的傷、緊緊抓住馬的**鬃毛**，但是到了**克雷沃克爾**的時候，他說他已經不能動了，臉色也變得慘白。

阿拉密斯的隨從巴贊留下來照顧主人，其他人繼續趕路。無論如何，他們都必須在今天之內趕到**亞眠**。

這下子，從巴黎出發時的人數已經少掉一半了。阿多斯懊悔的說：

鬃毛
長在馬的脖子上的茂密長毛。

克雷沃克爾
位於博韋和亞眠中間的小村子。

亞眠
位於巴黎北邊約一百公里處的城市。是法國北部的交通要塞，現在是紡織、機械、化學工業興盛的都市。（參閱卷首地圖）

「我不會再上當了。在我們抵達加萊之前，我不會再對任何人開口，也絕不拔劍！」

剩下的人到達亞眠的時候，已經半夜了。

阻礙接踵而來

一行人下榻在金百合旅館。

旅館老闆想安排阿多斯和達太安住在高級客房，可是兩間客房分別在旅館的兩端，離得很遠。

阿多斯和達太安說，房間髒亂一點也無所謂，他們要住同一間房。

老闆只好讓步，但兩人都覺得有些不對勁。

一行人安頓好不久，布朗歇敲著達太安他們房間的窗戶說：

「看管馬匹，有格里莫一個人就夠了，我可以橫睡在門邊擋住門，若有任何人靠近，我也馬上就能知道。」

「那就麻煩你了。這家旅館的老闆太過殷勤，我總覺得不對勁。」達太安說。

凌晨兩點左右，有人試圖開門。

「誰？」布朗歇一下子驚醒，大喊一聲。對方辯稱走錯門，就隨即離開。

凌晨四點，馬廄裡傳來好大的聲響。達太安他們趕到馬廄一看，可憐的格里莫被人用釘耙的柄毆打頭部，暈了過去。

布朗歇來到院子，要給馬裝上馬鞍。可是不知道為什麼，馬匹的腳都腫了起來，牠們動都不想動。

布朗歇只好等天亮出門去買新的馬。旅館門口正好拴著兩匹已經裝上馬鞍的馬，看來雄赳赳氣昂昂。只要買下這兩匹馬，兩位主人的坐騎就解決了。

布朗歇向人打聽了兩匹馬的主人，他們是昨晚在這裡住宿的房客，而且人家告訴他，他們正在和老闆結

百合（第157頁）

百合科百合屬的植物總稱。葉子像竹葉，夏季會開出白、黃、紅色的花。一般在歐洲說到「百合」，多是指有聖母百合之稱的白百合。

帳。

事不宜遲，阿多斯讓達太安和布朗歇在門口等著，他進去找老闆。阿多斯沒看見馬主人，只有老闆在那兒，於是他也付了兩皮斯托爾當住宿費。

沒想到，老闆把那兩皮斯托爾翻來覆去的查看，又敲了敲檢查一番，接著，他突然大喊：

「這錢是假的！把他們都抓起來！」

阿多斯怒氣衝天，他也大喝一聲：

「你說什麼！我要打死你！」

這時候，四名全副武裝的男子從旁門衝進來，撲向阿多斯。

「我被人抓住了。達太安，別管我，跑啊、快跑啊！」

阿多斯扯開嗓子大喊，同時開了兩槍。

達太安和布朗歇立刻跳上剛才那兩匹馬，並且使勁踢了馬腹，迎著風飛快的跑走了。

跑了一段路之後，達太安擔心的對布朗歇說：

「不知道阿多斯怎麼樣了？」

「沒事的。阿多斯先生很了不起，他兩發子彈都打中敵人，我剛才從玻璃窗望進去，他正拔劍和其他人搏鬥呢。」

「阿多斯真是了不起，可惜我無法停下來與他並肩作戰，現在趕路要緊！」

兩人小心翼翼，就連吃個午餐也緊抓著馬的**轡繩**不放。

到了加萊城的入口，他們趕路趕得太急，馬匹終於受不了，吐血倒地。兩人只好放棄騎馬，用跑的朝港口趕去。

轡繩

操縱馬所使用的細繩，裝在馬銜（套在馬嘴上的金屬配件）上。

兩人前方，有一位貌似貴族的男子帶著隨從，也正走向港口。那個人在碼頭打聽有沒有立刻前往英國的船班。

正要啟航的那艘船的船長回答：

「先生，您正好趕上了。可是今天早上政府突然發出一通命令，沒有樞機主教大人的特別許可證，任何人都不准上船。」

「我有許可證。」

男子說完，便從口袋裡拿出一張紙條。

「請您拿著這張許可證，去給海關的官員蓋章。」

「好的。」

男子往官員的值班室走。值班室在城外，男子走進一片小樹林時，達太安便追上他。

「先生，百忙之中打擾了，想請您幫個忙。」

「有什麼事嗎？」

「可以把您的乘船許可證借給我嗎？」

「別開玩笑了。」

「我這個人最討厭開玩笑了。」

「放肆！快讓開！」

「不行，不能讓你過去。」

達太安張開雙手，擋住男子的去路。

「年輕人，別逼我打穿你那固執的腦袋！喂、呂班，把我的手槍拿來。」

「布朗歇，那個隨從交給你了！」

達太安一聲令下，布朗歇就突然撲向呂班，三兩下就把他制伏了。

男子拔起劍砍向達太安。不過，才一眨眼工夫，他就被達太安刺傷胸口，倒地不起了。

布朗歇把口銜套在呂班的嘴巴上，並把他綁在樹上。

達太安從男子的口袋拿出許可證，上面的名字是瓦德伯爵。

達太安拿著許可證，前往海關官員的值班室。

「您有黎塞留樞機主教大人發的許可證是吧。」

「是的，就是這張。」

官員在達太安拿出的許可證上蓋章，接著說：

「聽說黎塞留樞機主教大人要逮捕某個要渡海去英國的人呢。」

「沒錯。有個叫達太安的壞人想到倫敦去。」

假扮成瓦德伯爵的達太安厚著臉皮說出這句話。

「您認識那個叫達太安的人嗎？如果您認識的話，我想請您告訴我他長什麼樣子。」

「那太簡單了。」

達太安就仔細形容了一番瓦德伯爵的五官樣貌。

達太安回到港口的時候，船長正等著開船。

「你看，我去蓋章了。」

「另一位先生呢？」

「他今天不走了。別擔心，我會付你兩人份的船費。」

達太安和布朗歇坐上**接駁船**，五分鐘之後，才搭上主船。

接駁船
聯絡停在港口的大型船和岸邊，運送人或行李的小船。

啊！少兩顆鑽石

隔天早上十點，船抵達了英國的**多佛**港。達太安和布朗歇就在港口租了兩匹馬，下午兩點便趕到倫敦。

達太安不懂英語，也對倫敦這座城市非常陌生，他只好在紙上寫了白金漢公爵的名字給路人看。最後，達太安憑著路人的比手畫腳，得知公爵府的地點。

到了公爵府，達太安沒遇上公爵，原來公爵陪著國王去**溫莎**打獵了。

公爵有一名心腹隨從名叫帕托里斯，精通法語，於是達太安就請公爵府的人請他出來。接著，達太安對他說：

「我從法國趕來是為了一件非常重要的事，我必須立刻拜見公爵。」

於是，帕托里斯就帶著達太安前往狩獵場。趕了二十分鐘的路，兩人終於抵達。帕托里斯問達太安：

「我去通報一聲。你叫什麼名字？」

「你就說有一天晚上，在新橋上對公爵挑釁的年輕人，公爵就知道了。」

「這種自我介紹未完太古怪了些。總之，我就如實通報了。」

白金漢公爵聽見帕托里斯的通報，立刻知道是達太安來了。於是，他馬上策馬狂奔，來到達太安等待見面的地方。

「難道是王后出了什麼事嗎？」

「王后沒出什麼事。不過，她的處境非常危險，只有借助公爵的力量才能脫困。」

「我很樂意為王后做任何事。不過，究竟是怎麼一

多佛（第165頁）

面臨多佛海峽的英國港口城市。從多佛到對岸的法國，只有三十二公里。（參閱卷首地圖）

溫莎（第165頁）

從英國倫敦往西約三十七公里處，位於泰晤士河畔，綠意盎然的小鎮。鎮上有英國王室的溫莎城堡。（參閱卷首地圖）

回事？」

「請您看這封信，我想是王后寫的。」

「王后寫的？」

白金漢公爵臉色發白，一把就把那封信搶了過來。

「啊，糟了。帕托里斯，你去找國王，幫我傳話。說我有一件重要的急事必須趕回倫敦一趟，請國王原諒。走吧，達太安，我們快走！」

兩匹馬快如疾風，不一會兒便進了倫敦城，抵達公爵府。

公爵跑上玄關的樓梯，就連達太安也跟得很吃力。穿過幾個富麗堂皇的房間之後，兩人來到公爵的寢室。

無數根蠟燭，照得房間燈火通明。有一個像**祭壇**般

祭壇

一般是指放著供品或聖水供奉神佛的台子。在基督教是指根據聖經的教誨，將最後的晚餐和耶穌基督在十字架上的死當成祭神的供品，主要擺放代表耶穌基督的血和肉的紅酒和麵包的台子。

的地方，掛著一幅法國王后的肖像畫。

那幅肖像畫底下，放著那只裝著鑽石流蘇首飾的小盒子。公爵打開盒蓋，拿出那只閃耀著鑽石光芒的流蘇首飾。

「這就是我想要在死後跟我陪葬的珍貴珠寶。」

公爵說完，便一顆一顆親吻著那些鑽石，彷彿在向它們道別。

突然間，公爵驚呼一聲：

「糟了！鑽石少兩顆。只剩十顆了！」

公爵的臉像死人一樣慘白。

「被偷走了。一定是黎塞留派了間諜搞的鬼。你看，這條綁著鑽石的繩子遭人剪斷了。」

「您猜得到是誰嗎？」

「等等，這只首飾我只戴過一次。對了，我知道了，是溫特夫人。她跟我吵了一架，可為了言歸於好，我們一起跳了一支舞，從那之後，我就不見她的人影了。」

沒錯，一定是她！對了，舞會什麼時後舉行？」

「下週一。」

「下週一？很好，還有五天，那就沒問題了。帕托里斯！」

公爵打開房門，呼喚他的隨從。

「立刻去把寶石工匠和我的祕書找來！」

達成使命

祕書進來了。白金漢公爵寫了一通命令交給他。

「你馬上去見司法大臣，就說我希望他執行這項命令。」

「看來這是緊急措施。要是國王陛下問起為什麼要這麼做，我該怎麼回答呢？」

「你就對國王陛下說，我決定和法國宣戰。」

祕書出去之後，公爵轉向達太安對他說：

「這樣就解決一件事了。這麼一來，你就可以先回法國。」

「您的意思是？」

「在那通命令下，現在停在英國港口的所有船隻，一律不准離開。只要沒有特別許可，任何一艘船都不能起錨出航。」

這時候，寶石工匠進來了。他是英國屈指可數的工匠，手藝高超。

「奧萊利，這種鑽石一顆大概要多少錢？」

「一顆要一千五百皮斯托爾。」

「如果要做兩顆這樣的鑽石，需要幾天的時間？」

「需要整整一個星期。」

「我一顆付你三千皮斯托爾，你能後天就做好嗎？」

「我會想辦法趕工。」

「幸好有你在，奧萊利。不過，這件首飾不能拿出去。你必須在這房子裡處理。完成之後，我會另外付你一千皮斯托爾。」

公爵配給工匠一間房間。房門口有人看守，除了帕托里斯之外，任何人都不能進去。

錨

船停泊的時候，為了不讓船移動，綁在繩索或鐵鏈前端、沉入海底的鐵塊或銅塊。

公爵交辦完這些事之後，又回到達太安身旁。

「好了，達太安。你有什麼要求嗎？或是你想要什麼？」

「我想要一張床。」

公爵就把他起居室隔壁的房間給達太安使用。

第三天早上十一點，兩顆鑽石完成了。工匠仿造得實在太完美，兩顆鑽石和原有的鑽石擺在一起，幾乎分辨不出差異。

公爵立刻把達太安叫來。

「好了，把這個拿去給王后吧。凡是人力所及的，我都盡力了。你會替我作證吧。」

「請您放心，我會把我親眼所見的事，如實向王后傳達。」

「這次，我給你添了不少麻煩，我想送些什麼給你。」

「不，我並不想接受您的謝禮。」

話一說完，達太安就準備要出發了。

「等等，達太安！你打算怎麼回去？」

「啊！說得也是。」

「法國人就是這麼冒失，真傷腦筋。」

「不，我只是忘記英國是個島國而已。」

「別耍嘴皮子了，你去港口找一艘名為『桑德號』的**雙桅**船，把這封信交給船長。這樣，他就會送你到法國的小港口**聖瓦萊里**，那裡只有漁夫的船才能進去。你到那裡之後，馬上去找一間旅館。那裡只有一間旅館，你不會找錯的。你見到旅館老闆之後，就對他說『FORWARD』。」

「這是什麼意思？」

「是『前進』的意思，這是暗號。老闆聽了這個暗號，就會給你備好馬鞍的馬，還會告訴你沿途的路線。」

雙桅

帆船利用風力使船航行，而揚帆用的又粗又長的柱子就稱為船桅。這裡是指有兩根這種柱子的船。

聖瓦萊里

位於亞眠西北邊約五十公里處的港口小鎮。（參閱卷首地圖）

你換乘四次驛馬之後，就會回到巴黎了。那四匹馬送給你，一匹你自己騎，另外三匹可以給你的朋友。

那麼，我們就握手道別吧。或者說，不久之後，法國和英國可能會開戰，可是現在，我們就像好朋友一樣道別吧。」公爵眼眶泛著淚說。

「今天是朋友，明天就是敵人了。到時候，我們都痛痛快快的交戰吧。」達太安恭恭敬敬的鞠了躬，向公爵道別。

到了港口，達太安搭上桑德號。港口停了五十多艘船，全都禁止出港。

桑德號幾乎擦過其中一艘船的船舷離港的時候，達太安突然心裡一驚。站在那艘船的甲板上的女士，好像是他在默恩鎮見過的人。

達太安記得，有一次特雷維爾隊長稱她為米萊迪的女士。可是，船開得太快，一下子就不見她的身影了。

第二天早上，達太安來到聖瓦萊里的旅館。他對老闆說出暗號，老闆立刻就替他備好馬。

之後，達太安使用同樣的暗號，換乘了幾次馬回到巴黎。當天晚上九點，他就到達特雷維爾隊長家了。

那一天，是十月二日。

舞會之夜

十月三日的深夜十二點，巴黎市民的歡呼聲響徹夜空。國王的隊伍穿過燈火通明宛如白晝的街道，從羅浮宮走向市政府。

過了三十分鐘後，群眾再度響起歡呼聲，這次是王后的隊伍駕到。王后走進市政府大廳，可是她的氣色不好，看上去很疲倦的樣子。

這時候，大廳角落的布簾拉開了，露出裝扮成西班牙騎士的黎塞留樞機主教蒼白的臉孔。樞機主教直直盯著王后的眼睛，嘴角掠過一抹令人毛骨悚然的微笑。王后果然沒有戴上那只鑽石的流蘇首飾。

國王撥開人群，走到王后身邊，質問她：

「為什麼沒有戴上那只鑽石流蘇首飾呢？妳明知道我很期待看見妳戴上它的。」

黎塞留樞機主教在王后身後露出惡魔般的笑容。

「這裡太多人，萬一不小心弄壞了……」

「我可不是為了讓妳收藏才送給妳的啊。」

國王氣得聲音都發抖了。

王后回答：

「我馬上派人去拿來，照您的吩咐戴上。」

「就這麼辦，要快，再過一個小時，舞會就要開始了。」

王后回到自己的更衣間。

國王也在另一個房間，換上狩獵的打扮。

小提琴演奏起熱鬧的音樂。

國王從休息室走了出來，黎塞留樞機主教走近國王身邊，並遞給他一只小盒子。

國王打開一看，盒子裡有兩顆閃亮的鑽石。

「這是什麼意思？」

「沒什麼。雖然我認為王后應該不會戴上那只鑽石流蘇首飾，可如果她戴上，請您數一數鑽石的數目。如果只有十顆，就請您問問王后，另外兩顆為什麼不見了。」

國王想追問詳細情形，不過已經沒有時間了，剛好在這時候，大廳響起一片喝彩，原來是王后出來了，眾人正在讚揚她的美貌。

王后戴著一頂有藍色羽毛裝飾的帽子，珍珠色的天鵝絨披肩用一只鑽石別針扣著，底下是一件有銀線刺繡的藍緞子長裙。她的左肩上是一條藍色系的緞帶，上面綁著那只鑽石流蘇首飾，絢爛奪目。

國王按耐不住滿心的歡喜，而黎塞留樞機主教則是驚訝得全身顫抖。不過，國王和樞機主教都離王后有一段距離。雖然那只鑽石流蘇首飾確實在王后身上，但是他們都數不清鑽石到底是十顆還是十二顆。

這時候，小提琴再次演奏起悠揚的音樂，舞會正式開始了。

國王每次和王后擦身而過時，總是盯著王后左肩上的流蘇首飾，但還是數不清

鑽石的數目，黎塞留樞機主教則是冒出一頭冷汗。

舞會進行一小時就結束了，國王急忙走到王后身邊。

「王后，感謝妳戴上這只鑽石流蘇首飾。不過，首飾上應該少了兩顆鑽石，我給妳帶來了。」

說著，國王就把黎塞留樞機主教交給他的兩顆鑽石，遞到王后面前。

「怎麼，您又要給我兩顆嗎？這樣，我總共就有十四顆了呢。」王后故作驚訝的說。

國王急忙數了數鑽石的數目。果然，王后的左肩上已經有十二顆閃亮的鑽石。

國王叫來黎塞留樞機主教，然後嚴厲的問他：

「這到底是怎麼回事？」

樞機主教滿頭大汗，語無倫次的回答：

「我想要把這兩顆鑽石獻給王后，要是我直接送的話，那就有點造次了。」

王后微微一笑，諷刺的說：

「那真是謝謝你的好意了。恐怕，你送的這兩顆鑽石所花的費用，抵得上陛下送的這十二顆鑽石呢。」

話一說完，王后就迅速回到更衣間了。

達太安混在人群裡，從頭到尾看著這整件事的經過。

由於王后已經退下了，達太安也正打算回去。突然間，有一個用黑色天鵝絨的面具遮住臉的女子拍了他的肩膀，她打了暗號要達太安跟著她，原來是波那瑟夫人。

波那瑟夫人走過彎彎曲曲的走廊，並把達太安帶進一間漆黑的房間，打開隱藏在布簾後面的門。

忽然，門縫射進一道耀眼的光線。接著，波那瑟夫人一句話也沒說就出去了，隔壁的房間傳來一陣暖風，暖風裡飄著一股無法言喻的芳香。房裡傳來兩、三位女士的優雅談話聲。

達太安現在所在的房間，就在王后寢室的隔壁。達太安在黑暗中靜靜等候。

過了一陣子，一隻白皙又美麗的手忽然從布簾的縫隙伸到達太安面前。達太安明白，這是自己完成這一趟任務之後，王后給他的獎賞。達太安恭恭敬敬的握著那隻手，親吻一下，那隻手縮回布簾中，只留下一物在達太安手中。

仔細一看，原來是一枚精美的戒指。

過了一會兒，房門又再打開，波那瑟夫人快步走進來。

達太安高興的說：

「終於可以和您說上話了。」

但是夫人卻伸手捂住達太安的嘴。

「噓！好了，快走吧，從原路回去。」

「可是，下一次、什麼時候、在哪裡，我才能再見到您呢？」

「我叫人送了一封信去你家了。好了，回去吧！快走！」

波那瑟夫人把達太安推向走廊。

達太安一路跑回家，這時候已經凌晨三點了。

「有人送信來給我嗎？」達太安劈頭就問布朗歇。

「茶几上有一封信。」

達太安立刻跑進自己的房間，打開那封信。

王后要我好好向你答謝，我也同樣想對你表達謝意。今天晚上十點，請你到聖克勞的戴斯特雷先生的宅邸來，宅邸邊上有一間小房子。

達太安高興極了。他感到滿腔的熱情，彷彿置身在人間天堂。

又是那傢伙！

達太安七點就起床，前去拜訪特雷維爾隊長。

特雷維爾隊長非常高興。

「國王與王后兩位都很開心，應該跟你平安回來有很大的關係吧。倒是黎塞留樞機主教愁眉苦臉，舞會才進行到一半就先離去了，似乎也跟你有關，今後你可要格外小心啊。」

說著說著，特雷維爾隊長注意到達太安手上那枚閃亮的鑽石戒指。

「那是從倫敦帶回來的紀念品嗎？戴著這麼引人注意的東西可不妥當啊，恐怕會成為敵人盯上你的絕佳目標，建議你找間珠寶店把它賣了吧。」

「不行，這是王后賜給我的。」達太安把昨天晚上的事詳細的向隊長報告。

「那麼至少把鑽石那一面朝內戴著吧。對了，另外三人怎麼了？」

達太安便把整件事從頭到尾說了一遍。

「原來如此，你還真能逢凶化吉呢。」

「是我運氣好，在加萊城跟名叫瓦德的伯爵交手，只受了點輕傷而已。」

「那位瓦德伯爵是羅什福爾伯爵的表兄弟，也是黎塞留樞機主教的手下。說到這兒，我忽然想到，趁這段期間，黎塞留樞機主教正翻遍整座巴黎要把你揪出來，不如你就避避風頭，沿著昨天的路徑回到加萊，也順道去打聽你那三位好朋友的下落吧。」

「真是個好主意。那麼，我明天一早馬上出發。」

「不行，你今晚就走！」

「隊長，恕我冒昧，今晚實在不方便。」

「你跟誰約好了嗎？」

「是的。」

「那就沒辦法了。明天你一定要出發！」

當天晚上，達太安依約來到聖克勞的小房子前等待波那瑟夫人。可是，到了十一點，夫人仍然沒出現。

達太安忍不住擔心了起來。房子裡的燈是亮著的，達太安爬到靠近窗戶的樹上，透過玻璃窗窺探房子裡的情形。

達太安大吃一驚。房子裡被人翻箱倒櫃，擺了晚餐的餐桌翻倒在地，破掉的水壺和被踩爛的水果也散落一地，窗簾和桌巾上甚至還沾了血跡。

達太安立刻查看房子四周，他發現一只女用手套掉在地上。

達太安找到附近一間破舊房子，問住在裡面的老人是不是發生什麼事了。

老人一臉為難的開口：

「我不敢說，怕會有報應。」

達太安塞了一枚金幣給老人，動之以情，最後老人才終於肯說了。

九點左右，三名騎著馬的騎士和一名坐著馬車的平民來到這裡。他們從那間小

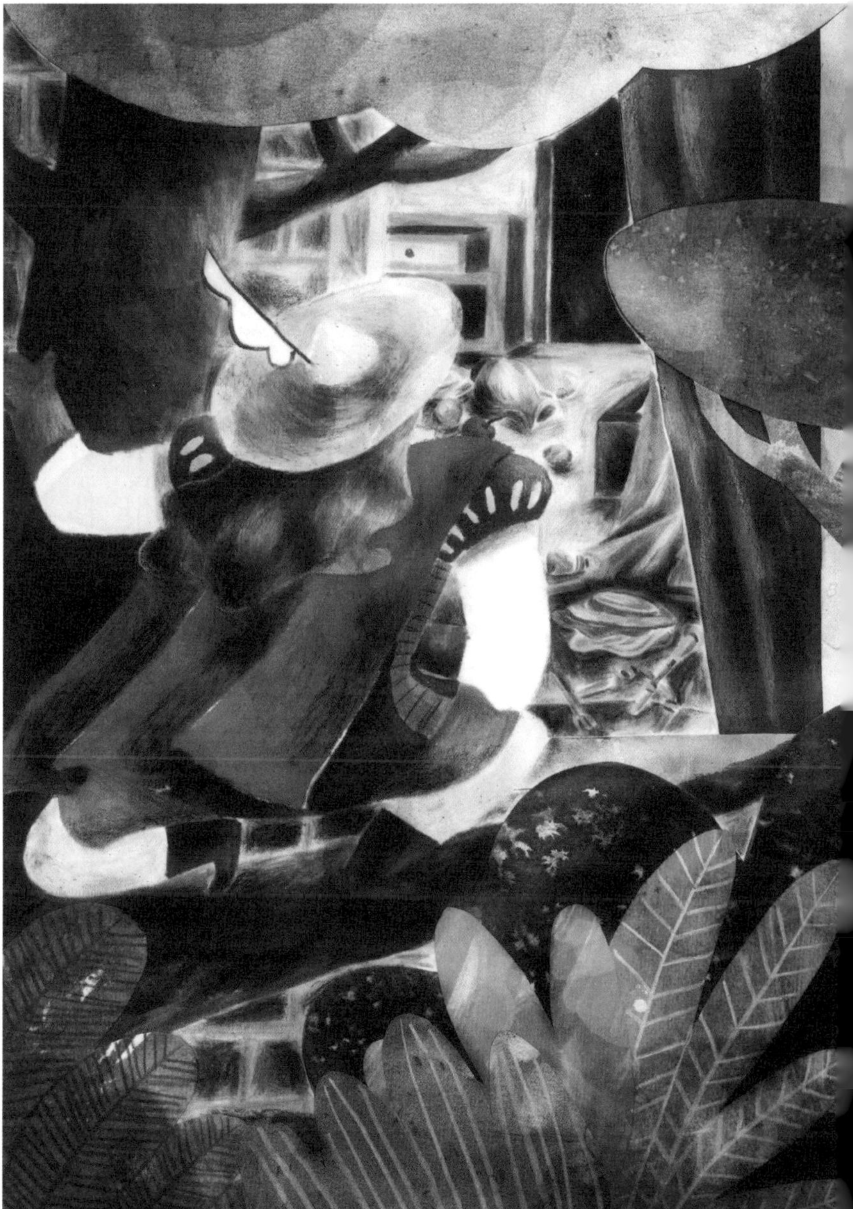

屋抬了一名女士出來，對方拚命抵抗也無用，最後仍被押上馬車帶走了。

達太安再詢問帶頭的騎士長相，聽完後他氣得咬牙切齒。

「又是他！每次都是他！」

又是那個羅什福爾伯爵把波那瑟夫人擄走了，坐在馬車上的那名平民，毫無疑問的就是波那瑟。

隔天早上，達太安去找特雷維爾隊長，並向他報告昨晚的事件。

特雷維爾隊長認真的聽達太安把話說完。

「嗯，這肯定是黎塞留樞機主教搞的鬼。」

「該怎麼辦才好呢？」

「現在一點辦法也沒有。你還是照昨天說的，趁早離開巴黎吧。波那瑟夫人下落不明的事，我會先傳達給王后，不會讓事情更糟，你放心出發吧。」

尋找夥伴

達太安回到家，看見布朗歇在樓梯上來回踱步。

「主人，又發生怪事了。」

「怎麼了？」

「黎塞留樞機主教大人的侍衛隊長來過。」

「是來抓我的嗎？」

「一開始，我也以為他肯定是來抓您的。可是，他非常的客氣，說黎塞留樞機主教大人很中意您，想請您去大人的府上作客，於是派他來接您過去。」

「你怎麼回答？」

「我對他說，你也看到了，主人不在，我什麼都不能作主。」

「然後呢，他就乖乖回去了？」

「他說請您今天務必去大人府上一趟，然後他又在我的耳邊壓低聲音說：『黎塞留樞機主教大人非常欣賞達太安先生，這肯定是他出人頭地的大好機會呢』。」

達太安笑了。

「虧他貴為樞機主教，手法也真夠笨拙的。」

「我也認為這是陷阱，所以我告訴他說您出門旅行去了。」

「布朗歇，你還真機伶。對了，布朗歇，再過十五分鐘就如你所說，我們真的要出遠門了。」

既然布朗歇已經說達太安去旅行了，要是他們還在巴黎閒晃可就不妙了。

達太安和布朗歇立刻收拾行李。

兩人出了巴黎城，首先往尚蒂利走，到上回住過的旅館打聽消息。

聽旅館老闆說，那時候波爾托斯雖然受了傷，但是對方知道他不是達太安之後就離開了。

波爾托斯在那之後就一直待在旅館療傷，還住在旅館最好的房間裡。不過，他跟人打牌賭輸了，錢跟馬都輸掉了，當然也就付不出住宿費了。

老闆去催他付錢，他竟然拿出手槍威脅老闆。

老闆一氣之下，就決定不再送餐給他了。

可是，達太安進了波爾托斯的房間一看，卻看見大暖爐上正烤著小鳥串，兩個火爐上也烤著大魚大肉，桌子上甚至還擺著幾個酒瓶。

「喲，達太安，你來啦！」波爾托斯開心的大喊，下一刻他突然帶著不安的神情問達太安：

「老闆什麼都沒跟你說吧？」

波爾托斯那天和敵人交手的時候，三兩下就輸了，還受了傷，他覺得很丟臉。達太安說他什麼也沒聽說，波爾托斯這才鬆了一口氣。

「我說，這些東西是怎麼回事？」達太安指著肉和酒瓶。

「是木斯克東去張羅的。」

木斯克東說：

「這沒什麼，我去打打獵、釣釣魚，肉和魚就都有了。」

「那酒呢？」

木斯克東搔搔頭說：

「我認識了附近的一位西班牙人，他說他可是去美國見過世面呢，是不是很了不起。」

「美國跟這些酒瓶有什麼關係？」

「這個嘛……」

原來是那個西班牙人把**印地安人**用**套繩**捕捉馬或牛的方法教給木斯克東了。於是，木斯克東就從酒窖的通風口把繩子丟出去套住酒瓶，把酒偷了出來。

達太安捧腹大笑。

印地安人

從西班牙人發現美洲大陸以前就住在大陸的原住民總稱。發現者哥倫布誤以為美洲是印度的一部分，所以才有這個名稱。

套繩

把繩子的前端綁成環形，追趕牛或馬等動物的時候，在頭上旋轉並丟擲出去套住動物的工具。

這麼一來，波爾托斯的情形暫且可以放心了。由於波爾托斯的傷勢還不適合長途跋涉，達太安還是讓他留在尚蒂利養傷。

接著，達太安下一步要前往克雷沃克爾村，去尋找阿拉密斯的下落。

他要離開旅館的時候，也順手付了波爾托斯的住宿費。

達太安到了克雷沃克爾的旅館，發現阿拉密斯一直住在那裡。

達太安進了房間，看見阿拉密斯坐在兩名修士之間。阿拉密斯的穿著也和修士一模一樣。茶几上放著厚厚的一本書和**卷軸**。

阿拉密斯看見達太安進來，並沒有表現出太多的喜

卷軸
在橫向長條的紙上寫字或繪畫，並捲在木軸上。

悅。他說：

「我在寫一篇神學的論文，正和兩位修士互相切磋討教。你也加入我們，給我一點意見吧。」

這突如其來的要求，讓達太安不知所措。這場討論不時會夾雜一些他聽不懂的**拉丁語**，達太安簡直一頭霧水，他覺得無聊極了。待兩位修士離去，阿拉密斯對達太安說：

「那時我的肩膀會受傷，都是神的旨意。我這麼一想，終於決定要成為修士了。」

可是，阿拉密斯不在家的期間，達太安替他收了一封信，似乎是來自某位女性。達太安把信拿給他，阿拉密斯的臉上忽然神采飛揚。

原來阿拉密斯已有好長一段時間沒有收到這位女子

拉丁語
以義大利為中心興盛的古羅馬帝國的語言。隨著基督教傳教，傳播到中世紀歐洲。主要是宗教、學術人士之間使用。

的消息，他才沮喪得下定決心當個修士。

「謝謝你，達太安！」

阿拉密斯高興得手舞足蹈，即使論文散亂在地上，他也不在意。

這時候，阿拉密斯的隨從巴贊正好拿著修士吃的粗茶淡飯進來。

阿拉密斯把他頭上戴著的修士帽丟向巴贊，大聲斥責說：

「這種東西是人吃的嗎？拿去餵狗吧。去給我點一些兔肉、雞肉、羊肉，還有酒。給我拿四瓶**勃艮地**的高級紅酒來！」

勃艮地

以法國中部偏東的第戎為中心，包含索恩河流域的地區。有許多美麗的森林和高原，工業雖然不發達，卻是著名的葡萄酒產地。（參閱卷首地圖）

關在酒窖裡的阿多斯

然而，阿拉密斯的傷勢也還沒痊癒。於是，達太安也把阿拉密斯留在旅館，自己前往亞眠。

亞眠的旅館老闆已經忘記達太安了。

達太安氣呼呼的揮著手裡的馬鞭。

「好，讓我幫你回想一下，大約兩個星期前，你是不是指控一名火槍手使用偽幣，害得他好慘！那名火槍手後來怎麼了？」

老闆嚇得臉色發白，渾身發抖的說出事情的經過：

那天稍早，地方政府發出一則通知，說有一個使用偽幣的慣犯會假扮成火槍手到旅館來。然後，六名官員就假扮成一般的房客來到旅館埋伏。於是，老闆深信阿多斯就是使用偽幣的慣犯。

不過，阿多斯用手槍解決兩名官員，又拔劍砍傷旅館的伙計、劈了老闆一劍。最後，他逃進旅館地下室的酒窖，從裡面把門反鎖了。

老闆喜出望外，這下子要抓住犯人就有如甕中捉鱉了，於是他立刻通報當局。可是，對方卻表示並沒有發出老闆說的那則通知，所以不予理會。推測是因為關鍵人物達太安已逃走，他們只好否認有這一回事了。

老闆要阿多斯快從酒窖出來。阿多斯回說只要把他的隨從叫來，他就願意出來。老闆照辦了，但是阿多斯不僅沒出來，就連他的隨從格里莫也躲進酒窖，兩人一起關在裡面了。

老闆一打開話匣子就說個不停，達太安已感到有些不耐煩。

「所以阿多斯現在到底在哪裡？」

「他還在地下室的酒窖裡。」

「什麼？你就這樣一直把他關裡面？」

「冤枉啊，先生。您不知道那兩位先生在酒窖裡做些什麼。我每天都拿了根棒子在前端叉了幾個麵包，從通風口給他們送進去，他們想吃肉就遞肉給他們。若只是這樣倒還無所謂……」

老闆說著說著都快哭出來了。

達太安忍不住笑了出來，看來阿多斯主僕兩人躲在酒窖裡，過得頗悠閒。

老闆接著說：

「先生，我這裡已經做不成生意了，我的食物全都存放在酒窖裡，就算有客人來住宿，我也沒有酒和料理可以供應，那兩位先生在酒窖裡再待上一個星期，我們就要破產了。」

「那也是你罪有應得。別說這麼多了，快讓我見見阿多斯。」

達太安叫老闆帶路，來到酒窖前面他就呼喊阿多斯。

「啊，是達太安嗎？」

酒窖的門嘎的一聲前後搖晃，阿多斯探出頭來。

達太安撲上去摟住阿多斯的脖子，像許久不見的朋友重逢般親吻他的臉頰。達太安要從潮濕的地下室把阿多斯帶出來的時候，發現阿多斯的腳步卻有些踉蹌。

「咦，你受傷了嗎？」

「沒有，只是有點醉了。我喝得可痛快了。老闆，你來得正好，聽聽我多厲害。光我一個人，就喝光了一百五十瓶酒呢。」

「太悲慘了。要是您的隨從也喝了您一半的數量，我這家店就得關門大吉了。」

「格里莫可是直接就著木桶來喝呢。咦，那小子該不會是忘記把栓子塞住了吧？怎麼有酒嘩啦嘩啦流出來的聲音。」

格里莫把槍背在肩上，搖頭晃腦的出來了。

老闆夫婦趕緊拿著一盞燈，衝進酒窖查看，裡面實在是慘不忍睹。

地上有一攤葡萄酒的小酒池，還漂著吃剩的火腿，酒窖的角落有一堆打破的空酒瓶堆成小山。有一個酒桶的栓子沒塞住，流出最後的幾滴酒。掛在梁上的五十條香腸，剩下的不知道有沒有十條。

老闆夫婦見狀，傷心的嗚嗚哭了起來。哭聲透過酒窖的天花板，傳到達太安和阿多斯耳裡。

達太安和阿多斯也不禁替他們感到可憐。於是，阿多斯就把他錢包裡的六十皮斯托爾，還有他的馬都給了老闆。

阿多斯的故事

達太安和阿多斯請老闆把酒窖裡剩下的酒拿上來。

阿多斯一邊替自己和達太安的酒杯斟酒，一邊說：

「對了，達太安，你怎麼了？我怎麼覺得你有些悶悶不樂。」

「在我們幾人當中，我是最不幸的了。」

「不幸？怎麼個不幸，說來聽聽吧。」

於是，達太安就對阿多斯說了波那瑟夫人的事。

阿多斯靜靜聽著，眉頭也沒有皺一下。等達太安說完之後，他只冷冷的說：

「這全是無聊的事，根本算不上什麼問題。」

「別這麼說嘛，好歹安慰一下不幸的我吧。」

阿多斯聳了聳肩。

「你的不幸根本微不足道，你呀，真是個大少爺，不知人間疾苦，要是聽我講完這個例子，你不知道會說什麼？」

「是你的故事嗎？」

「或者是我一個朋友的故事，是誰的故事都不是重點啦。」

「說給我聽吧。」

「好吧，那我就說了。我有一個朋友，聽清楚了，我說是我朋友的事，可別以為是我喔。」阿多斯陰沉的一笑。

「我這位朋友，出生在我故鄉**貝里地區**的伯爵家。他二十五歲的時候，愛上一位十六歲的美麗女孩。

貝里地區
分布在法國中部的羅亞爾河南邊的地區。現在除了農牧業之外，鋼鐵、紡織業也很興盛。（參閱卷首地圖）

那位女孩和她當祭司的哥哥住在一起，兩兄妹都不是出生於貝里。不過，妹妹長得漂亮，哥哥對信仰又很虔誠，所以就沒有人在意這兩兄妹來自何方。

我朋友是當地的貴族，若是他想強逼那女孩順從他，也不是辦不到。不過，我朋友是個正派的人，他正式的將那女孩娶了回來。真傻，簡直是愚蠢至極的大傻瓜。」

「怎麼說？他喜歡她的話，兩人結婚不是理所當然的嗎？」

「你先聽我說。他把女孩娶回家，女孩就成了那一帶最高貴的夫人了。」

「然後呢？」

「有一天，夫妻倆一起去打獵。」

阿多斯把聲音壓低，越說越快了。

「在路上，妻子摔下馬，暈了過去。伯爵丈夫衝上前去，把妻子抱起來。妻子的衣服勒得太緊，使她呼吸困難。於是，伯爵就拿短刀割開衣服，妻子露出肩膀。肩膀上，達太安，你猜她的肩膀上有什麼？」

「有什麼？」

「是百合花。她的肩膀上有一朵象徵罪人的百合花**烙印**。」

阿多斯把酒一飲而盡。達太安不由得倒抽一口氣。

「怎麼會！」

「是真的。看似天使的人，其實是惡魔。」

「那麼，伯爵怎麼辦呢？」

「伯爵是當地的領主。只要是在他領地裡犯的任何罪，他都有權審判。伯爵把夫人吊在樹上，處以**環首之刑**。」

「怎麼會有這種事。這豈不是殺人了嗎，阿多斯！」

「沒錯，就是殺了人。說到這，我的酒好像不夠了……」

烙印

指在罪犯的皮膚上，用燒燙的金屬烙上印記。當時會在罪犯身上印上法國王朝的徽章，即百合花形狀的烙印。

環首之刑

把罪人的雙手綁在身後，並在脖子上套著繩子，從樹木等高處垂吊，勒緊脖子處死的刑罰。就是絞刑。

阿多斯抓起葡萄酒瓶，嘴對著瓶口直接一口氣喝光。接著，他雙手抱著頭。

「聽完這件事之後，無論再怎麼美麗的女人，我都覺得討厭了。不說了，咱們喝酒。」

「這麼說，那個女孩死了嗎？」

「當然。來，把這杯乾了！」

「那麼，她哥哥呢？她那當祭司的哥哥……」

「那個人也是一丘之貉。說是哥哥，原來是漫天大謊，其實是女孩的初戀情人。由於他很可疑，我朋友正準備去調查他的來歷，沒想到去調查的前一天，他聽到風聲就逃跑了。」

達太安不禁感到頭暈，再也聽不下去了。

阿多斯雖然說是朋友的故事，但聽起來應該是發生在阿多斯自己身上的事。

達太安把雙手攤在桌子上，再把臉伏在手上，假裝睡著了。

第二天，達太安和阿多斯離開亞眠，沿路去接了阿拉密斯和波爾托斯，他們的隨從也到齊了，八個人一起回到巴黎。

回到巴黎之後，三個火槍手的住處收到特雷維爾隊長發出的通知。原來是國王陛下已經決定在五月一日向英國開戰，隊長命令他們立即做好準備。

溫特夫人

在戰爭前匆匆忙忙的某一天，達太安無意間看見米萊迪的身影，她就坐在達太安曾經在默恩鎮看過的那輛馬車上，儼然是名雍容華貴的貴婦。達太安趕緊偷偷跟在她後面。

馬車出了郊外，又走了一段路之後，便停在道路中間。一名騎著馬的英挺騎士前來，他站在馬車的窗前跟米萊迪說話。

他們說的是英語，達太安聽不懂他們在說些什麼。不過，從米萊迪的語氣聽得出來她很生氣。

過了一會兒，米萊迪看來是氣極了，她用扇子使勁往窗框一敲，由於力道實在太強勁，扇子都被敲壞了。騎士放聲大笑。

達太安騎馬向前，並靠近馬車另一邊的窗戶。他脫下帽子對米萊迪說：

「夫人，您好像非常不高興，要我替您教訓這個無禮的人嗎？」

米萊迪用法語回答：

「我很樂意請你幫忙，但是很不巧，跟我吵架的是我哥哥。」

「啊，那真是得罪了。」

騎士對達太安說：

「別多管閒事，要去哪裡就趕快去！」

「去不去是我的自由。」

騎士對米萊迪說了幾句話，又是英語。之後，馬車就上路了，只留下兩位男士大眼瞪小眼。

「讓我見識見識你的劍術吧。」達太安說。

「正合我意，地點呢？」

「盧森堡宮殿後面。」

「你是誰？」

「加斯科涅的貴族達太安。」

「我是**謝菲爾德**的溫特男爵。」

那天晚上，達太安和溫特男爵就在盧森堡宮殿後面決鬥。兩人都各自帶了朋友助陣，阿多斯、波爾托斯、阿拉密斯也跟溫特男爵的朋友打了起來。

對方四個都是英國人。兩國戰爭在即，所以無論敵方還是我方，出劍都殺氣騰騰。

達太安看出溫特男爵已經體力不支，就把他的劍掃落。男爵急忙後退兩、三步，不料腳底一滑，摔了個四腳朝天。

達太安立刻上去壓制對手，以劍抵著對手的喉嚨，並對他說：

謝菲爾德

英國約克郡地區的中心都市。中世紀以來就是有名的刀具產地，現在，以鋼鐵業為中心的重工業發達。（參閱卷首地圖）

「你的命已經在我手裡，不過，看在你妹妹的份上，就饒你一命。」

這是達太安知道對手是米萊迪的哥哥之時，便想到的計畫。

溫特男爵很感激達太安的寬宏大量，他說：

「今天晚上，我就把你介紹給我妹妹，米萊迪．克拉瑞。」

當天晚上，達太安就跟著溫特男爵來到米萊迪．克拉瑞的住處。她住在一棟大豪宅裡。

溫特男爵對妹妹說：

「這位先生原本可以殺了我，但是他饒了我一命，妳也謝謝他吧。」

米萊迪微微皺了眉頭，但是她緊接著以溫柔的口吻說：

「您的大恩大德，小女子永生難忘。」

僕人端出了葡萄酒。達太安手裡拿著酒杯，假裝若無其事的觀察著米萊迪。看著鏡子的米萊迪臉上閃過一絲可怕表情的瞬間，達太安也沒有錯過。

可是，溫特男爵卻什麼也沒發現。過了不久，一名侍女進來對男爵說了幾句話，男爵就出去了。米萊迪這時候已經完全恢復平靜，她對達太安說了些心事。

原來米萊迪和溫特男爵雖說是兄妹，其實是姻親關係。米萊迪和男爵的弟弟結婚，不過她的丈夫已經死了。兩夫妻生了一個孩子。如果溫特男爵之後沒有子嗣，這個孩子就是男爵的繼承人。

之後，達太安和溫特男爵越來越要好，他也常去男爵家作客。

某天晚上，達太安在隔壁房間偷聽到米萊迪和侍女說的悄悄話。

「那傢伙還不知道我對他懷恨在心，都是他害我差點得罪了黎塞留大人，我遲早要報仇。」

「我還以為夫人很喜歡他呢。」

「怎麼可能。那傢伙差點就能殺了男爵，可他居然饒了男爵一命，害我白白損失了幾百萬的財產。」

「說得也是，小少爺是他伯父唯一的繼承人了。」

聽到這些話，達太安非常驚訝。達太安和溫特男爵相處過後，發現他是個為弟妹著想的好人，但是沒想到，米萊迪居然有這麼可怕的想法。

「不知道為什麼，黎塞留大人說要放了那個人一馬，所以我現在只能忍耐，但是遲早我一定要……」

「可是，夫人，您已經對他喜歡的女子很殘忍了，不能就這樣算了嗎？」

「你倒是提醒我了，就是那個王后的侍女。」

這時候，達太安忽然想起溫特夫人的名字。白金漢公爵說過把那只流蘇首飾上的鑽石剪下來的是溫特夫人。

對了，米萊迪就是溫特家的人。

然後，達太安又做了一件讓這個可怕的女子更加恨他的事。

有一次，達太安趁機進入米萊迪的房間之際，米萊迪正好光著身子面向鏡子在化妝。受到驚嚇的米萊迪急忙拿衣物遮住肩膀。可是，在那一瞬間，達太安看見她的肩膀上有一朵百合花的烙印。

達太安仔細一想，米萊迪和阿多斯所說的那個女孩，似乎有幾點雷同。

她們會是同一個人嗎？可是，阿多斯很明確的說，女孩已經被處刑了。
而對米萊迪來說，達太安知道了她的祕密，她更執意要伺機殺了達太安。
可是，不久之後，達太安他們就上戰場去了。

第四部　拉羅歇爾之戰

敢死偵察隊

拉羅歇爾之戰是黎塞留樞機主教在路易十三世的時代所策劃的重要行動之一。

反抗國王和黎塞留樞機主教的新教徒都聚集在拉羅歇爾，黎塞留樞機主教想消滅這座總是引起內亂和戰爭的城市。

不僅如此，拉羅歇爾港是法國唯一一座**英國船可以自由進出**的港口。把英國勢力逐出這個港口，也是黎塞留樞機主教的目的之一。一開始，英國方的戰況良好。白金漢公爵帶領九十艘船、兩萬名士兵，占領了拉羅歇爾外海的**雷島**。

而法國這一邊，首先由國王的弟弟**奧爾良公爵**率領先發部隊前往戰場。

國王雖然隨後出發，但是他在路上生了病，就暫時停駐在維爾洛瓦的小鎮。

因此，親衛火槍隊也停留在這個小鎮上，只是一個小侍衛的達太安就必須暫時和阿多斯他們分開。

達太安所屬的先發部隊到達了營地，從營地的位置看得見拉羅歇爾城。

有一天，達太安一個人走在營地附近的小徑，想著波那瑟夫人和其他事。當他回過神來，發現自己走了好遠好遠，天已經接近黃昏了。

這時候，達太安看見在矮樹圍籬的對面有個東西在夕陽下閃閃發亮。

原來是一枝槍的槍口。達太安察覺到危險，正想逃跑，不料在馬路另一邊的岩石後面，他又看見另一枝槍。

達太安又看了一眼第一枝槍。只見槍口慢慢移動，瞄準著他。等到槍口靜止不動時，達太安突然趴在

拉羅歇爾之戰（第217頁）

從一六二七年十月起約一年，法國軍隊與新教徒及支援新教徒的英國軍隊以拉羅歇爾為中心展開的戰爭。當時，由於英國軍隊支援新教徒，軍事介入便成了戰爭的導火線。這一戰，新教徒一方包含女人、小孩，死了約一萬五千人，最後投降，英國軍隊也撤退了。

地上。

此時，一顆子彈就咻的一聲，從達太安的頭上飛過。達太安又立刻跳起來。這次，另一顆子彈打在他剛才趴著的地方，把路上的小石子打飛了起來。

「如果再有第三槍，我就完蛋了！」

達太安這麼一想，便拚了命的往營地跑。這時候，第三槍打過來了。達太安的帽子被打飛了。

達太安邊跑邊撿起帽子，一口氣跑進營地。

達太安沒有把這件事告訴任何人，他只是凝神思考是怎麼回事。

首先，這可能是固守在拉羅歇爾的敵軍搞的鬼。可是，他察看帽子上被打穿的彈孔後發現，子彈的大小和敵軍持有的子彈不一樣，可見不是。

英國船可以自由進出（第217頁）

自從一五九八年，亨利四世頒布聖旨指定拉羅歇爾為新教徒的城市，這座城市成了半獨立的區域。由於法國的權限管不了，因此英國船可以自由進出這座港口城市。

那麼，可能是黎塞留樞機主教送的「禮物」。可是樞機主教就算不這麼做，要對付達太安也是易如反掌。

「難道，是米萊迪的報復嗎？」

這個可能性最大。

隔了一天，第三天的早上九點，軍鼓聲響起，王弟殿下奧爾良公爵來營地巡視。達太安等人全副武裝，列隊迎接公爵。

過了一會兒，隊長艾薩爾侯爵招手叫達太安過去。達太安出列向前。

「公爵殿下很快就會需要幾名士兵去完成一項危險的任務。只要順利完成任務，殿下就會對你留下印象，這對你的未來非常重要，知道了吧。」

「謝謝隊長。」

雷島（第217頁）
位於拉羅歇爾外海約二・五公里，寬約三公里～五公里，長約二十八公里的島嶼。戰爭初期，英國軍隊突襲占領了這座島嶼，之後由法國軍隊奪回，法國大獲全勝。（參閱卷首地圖）

奧爾良公爵（第217頁）
（一六〇八～一六六六年）亨利四世的兒子，路易十三世的弟弟。

對達太安而言，這是再高興不過的事了。

其實是前一天晚上，敵軍在半夜裡發動攻擊，把國王軍隊在兩天前占領的**碉堡**奪了回去。為了探查碉堡裡的敵情，必須派出一支敢死偵察隊。

王弟殿下朗聲說道：

「有沒有人自告奮勇去執行這項任務？我需要一個人當隊長，帶三、四個士兵去。」

「這裡有一個隊長人選。」艾薩爾侯爵指著達太安說。

達太安高舉著劍，大聲說：

「有決心跟我一起去送死的四位勇士，站上前來！」

跟達太安一樣是侍衛的兩人向前站了一步。接著，士兵也有兩人站了出來。

碉堡

為了防禦敵人的攻擊，在國界、海岸、及其他重要的地方築起堅固的防護牆。並在裡面配置大量士兵，或配備各種武器，以便長時間駐紮的軍事建築物。

達太安他們沿著**戰壕**前進。三名侍衛走在前面，兩名士兵跟在後面。

離碉堡還有約一百步時，達太安回頭一看，原本應該跟在後面的兩名士兵卻不見了。

「該不會是害怕了吧，膽小鬼。」

達太安這麼想，仍毫不在意的繼續前進。他們來到離碉堡約五十步的地方，碉堡裡一個人影都沒有，似乎沒有衛兵防守。

三人正在商量要繼續向前還是要折返的時候，前方的岩石上突然飄起一陣白煙。接著馬上有十二、三發子彈咻咻的從三人身邊飛過。

這下子，他們就知道碉堡裡還有衛兵了。探查碉堡裡有沒有敵軍，就是這趟偵察的目的。於是，達太安他

戰壕

在土地上挖壕溝，再把挖出來的土堆在前方，以便防禦進攻的敵人並反擊，或者藏身其中移動的軍事構造。大多在平地戰爭時建造。

們立刻返回營地。

可是，當他們到了我方的戰壕這一端，終於有掩蔽的時候，一名侍衛的胸口被打穿了。另一名侍衛安然無恙，繼續往我方營地飛奔。

達太安不願意丟下受傷的同伴，他想扶同伴起來，帶他回營地。這時候，連續響了兩聲槍響。一發子彈打爛傷者的頭，另一發子彈幾乎是貼著達太安的身體飛過去，打在岩石上。

達太安回頭一看，那顆子彈並不是從碉堡的方向飛來的。由於地形的關係，從碉堡那兒打不到這裡來。那麼，究竟是誰開的槍？

兩名士兵

達太安忽然想起剛才那兩名不見的士兵，還有前天中了埋伏那件事。他心想，今天一定要把對方的真面目查個水落石出。

當機立斷的達太安立刻倒在同伴身上，假裝被剛才那顆子彈打中了。

這時候，離他三十步遠的土牆上，有兩個人探出頭來。

果然是那兩名士兵。兩人走到離達太安只有十步的時候，達太安突然躍身而起。這一跳，就逼近兩人身旁，並且拔劍指向兩人。

其中一人慌張的往碉堡的方向逃跑。碉堡裡的敵軍一齊朝著那名士兵人開槍，他的肩膀中槍，隨即倒在地上。

另一人遭達太安刺傷了大腿，當場倒地。達太安以劍尖抵著那個人的喉嚨。

「饒命啊，長官！我什麼都招了。」士兵哀號著說。

「是誰派你來的？」

「我不認識，但好像是一個叫米萊迪的女人。我的夥伴認識她，他的口袋裡應該有那個女人的信。」

「好，我就饒你一命，條件是你得去把你夥伴身上那封信拿過來。」

「可是，這樣等於叫我去送死啊，碉堡裡的敵軍火力這麼強大。」

「那麼，你想死在我的劍下嗎？」

達太安作勢要把劍往前刺，士兵才勉強站起來。

「我去，我去就是了。」

士兵的腿上還流著血，他趴在地上，朝著離他二十步遠的夥伴匍匐前進，深怕被敵人發現。見他這個樣子，達太安也不禁可憐起他來了。

「好吧，我就讓你看看，一個勇敢的人和一個像你這樣的懦夫有什麼差別。」

話一說完，達太安就利用地形的起伏作掩護，一邊注意敵人的舉動，迅速靠近倒在地上的士兵身邊。

他把士兵扛在肩上，此時碉堡裡的敵軍又槍彈齊發，全都打在士兵身上。達太安總算回到戰壕，他摸了摸死者的口袋。

那封信放在皮夾裡，信上寫著：

你沒能擄走的那名女子現在已藏身在修道院裡。這次的失手無法挽回，可是不能再放過那個人。要是你又失敗，從我這裡拿走的錢可能會換來慘痛的代價。你也知道，我擁有呼風喚雨的強大力量。

信上沒有寄件人的名字，但顯然是米萊迪寫的。

為了慎重起見，達太安便盤問受傷的士兵，他們沒能擄走的女子怎麼了。

原來是這兩名士兵雖然順利抓走女子，但是對方趁著他們在一家酒館小酌一番之際，偷了他們的馬車順利逃走了。

這麼聽來，波那瑟夫人得救了，應該是王后救她出來，並讓她藏身在修道院裡了。達太安鬆了一口氣，心中燃起一絲希望，總有一天能再見到波那瑟夫人。

達太安讓受傷的士兵搭著他的肩膀，一起回到營地。由於剛才先逃回來的侍衛已經報告同伴們都已陣亡，現在看見達太安平安回來，隊上都非常高興。

達太安為了掩飾士兵身上的劍傷，編了一套英勇故事，說是碉堡裡的敵軍突然來襲，雙方短兵相接，另一名士兵已經英勇戰死了。

達太安暫且可以放心了。要刺殺他的兩人當中，一人已經死了，而另一人為了感謝達太安的不殺之恩，轉而效忠於他。

安茹的葡萄酒

十一月初的某一天，達太安收到從維爾洛瓦寄來的一封信和一件貨物。

達太安先生：

阿多斯、波爾托斯、阿拉密斯三位先生在敝店玩樂，鬧過了頭，被長官禁足了兩、三天。不過，三位先生吩咐我寄給您十二瓶敝店自豪的**安茹**葡萄酒。請您笑納。

親衛火槍隊特約旅館老闆　戈多

達太安滿心感激。

「哈哈，有這種朋友真是太棒了，就連飲酒作樂的時候也會想到我。好，我就為他們三人的健康乾杯，大喝一番。可是，一個人喝有點無聊啊。」

達太安決定開設酒席，並邀請兩個比較要好的侍衛一起喝酒。

擔任料理總管的布朗歇顯得幹勁十足。他使喚應邀客人的隨從和達太安救了一命的士兵來幫他準備餐點。

達太安救回的那名士兵名叫布里斯蒙。從那之後，他就成了達太安的隨從——倒不如說是成了布朗歇的小弟了。

酒席在正午時分開始。客人都上座之後，餐點便一道接著一道排在桌上。

布朗歇在手臂上掛著白色餐巾，擔任服務生，而布

安茹

以法國中西部的昂熱為中心的地區舊稱，是知名的葡萄酒產區。十二世紀中期，統治該地區的英國人亨利・金雀花在一一五四年當上英國國王，並以亨利二世（一一五四～一一八九年在位）之名統治該區。該地區也以國王的出身地聞名。（參閱卷首地圖）

里斯蒙則為大家的酒杯裡斟滿葡萄酒。

達太安發現第一瓶葡萄酒的底部有些沉澱物，可能是長途顛簸的緣故。可是，布里斯蒙卻不以為意，把酒底全倒進酒杯裡。

達太安知道布里斯蒙的傷勢還沒痊癒，於是把那杯酒賞給他，想讓他打起精神。

客人們喝過湯，剛拿起葡萄酒湊到嘴邊時，忽然響起隆隆的**大砲**聲。

糟了，敵人來襲了！達太安和客人都立刻提起自己的劍，準備趕回各自的崗位。

他們才一走出外面，就瞭解砲聲響起的原因了。

「國王陛下萬歲！」

「黎塞留樞機主教大人萬歲！」

大砲

口徑（發射砲彈的砲口直徑）大，利用火藥的爆炸力將大顆砲彈發射至遠方，砲彈在目標地點爆炸，以打擊對手的武器。當時的大砲是從砲口裝入火藥和圓形的鐵製砲彈，並利用火藥的爆炸力發射，缺點是飛行距離短，砲彈本身也不會爆炸。

四處響起歡呼聲，軍鼓也咚咚的敲打起來。

國王率領著一萬名士兵，剛剛抵達營地。親衛火槍隊守在國王的前後。

達太安也和其他侍衛一起列隊迎接國王。

達太安很開心的對特雷維爾隊長和那三位夥伴打了手勢。

歡迎儀式結束後，達太安和三位夥伴就立刻撲向彼此，互相擁抱。

「你們來得正是時候，桌上的佳餚還沒有涼呢。」

達太安把三人介紹給他的客人認識。

「嘿，你們在開酒席啊。」波爾托斯笑著說。

「在這種鄉下地方，有像樣的酒可以喝嗎？」阿多斯問。

「當然有。你看，這裡有安茹產的酒，還不錯呢。」

「哦？你還特地訂了安茹葡萄酒啊？真是大費周章。」波爾托斯佩服的說。

「不是我訂的，是你們寄給我的啊。」

「我們寄的？我可不記得寄過這些酒啊！」三位火槍手同時說。

「咦！不是你們嗎？這麼說，是旅館老闆戈多囉，還有一封信呢。」

「算了，管它是哪裡來的，我們快去喝吧。」

波爾托斯這麼一說，阿多斯便大聲斥責：

「慢著！這種來路不明的酒可不能喝！」

阿多斯打開戈多的信查看。

「這不是那個老闆的筆跡，我在出發前看過旅館的帳單，戈多的筆跡我記得很清楚。」

「信是假的，我們可沒有被禁足呢。」

「達太安，我們可曾大吵大鬧過？」

達太安大吃一驚。

「糟了！快去餐廳，說不定已經出事了，一定是那個女人搞的鬼。」

達太安奔向剛才正要舉辦酒席的餐廳，三位火槍手和兩名侍衛也跟在後面。

衝進餐廳的達太安，眼裡看見的是痛苦掙扎、倒在地上打滾的布里斯蒙。

布朗歇等人也驚慌失措，他們雖然盡力搶救布里斯蒙，但是已經回天乏術了。

布里斯蒙看見達太安，便痛苦呻吟的說：

「你真殘忍，說要饒我一命，卻又下毒害我。」

「布里斯蒙，不是我，我發誓，我也被騙了。」

「不，你說謊。上帝都看在眼裡，不久之後，上帝就會懲罰你了。噢，上帝啊！總有一天，也讓他嘗嘗我受的痛苦吧！」

達太安輕撫著布里斯蒙的背，並向他辯白：

「我向上帝發誓，我根本不知道那葡萄酒裡下了毒，我也差點喝下去了。」

「你說謊……」

達太安還不確定布里斯蒙最後一句話說的是什麼，只見他突然脖子一垂，就咽了氣。

達太安誠心的向應邀作客的侍衛道歉，並對他們說酒席改日再辦。

達太安把布里斯蒙的後事交給布朗歇處理，跟三個夥伴到另外的房間去了。不過，現在大家都不想喝酒了。

達太安對阿多斯說：

「這場戰爭，不是敵死就是我亡了。」

達太安簡短的說了之前發生的事。

「別擔心，到目前為止，上帝都一直保佑著我們，以後也會逢凶化吉的。」阿多斯說。

可是，達太安仍然很擔心，說：

「我是無所謂，我們的工作本來就是出生入死。可是她……」

達太安掛念的是波那瑟夫人。雖然她現在安全的藏身在修道院裡，但是總有一天，米萊迪的魔爪可能就會伸向她了。就算達太安想去救她，也不知道那間修道院在哪裡。

「那間修道院，是王后選的吧？」阿多斯問。

「嗯，應該是。」

接著，阿拉密斯插進話來：

「那麼，我來調查看看吧。」

「你來調查？你要怎麼調查？」

阿拉密斯的臉微微一紅，他說：

「沒什麼，我認識王后身邊的人，說不定我能打聽出什麼消息。」

事情敲定了。四人草草吃完飯之後，當天就分開了。

紅鴿亭酒館

國王陛下一到前線，就立刻下令和雷島的英國軍隊決一死戰。

這個戰略很成功，英國軍隊拋下兩千名士兵、四門大砲和六十面軍旗，坐船撤退了。

情勢至此，法國軍隊已經不必擔心英國軍隊進攻，只要想辦法攻陷拉羅歇爾就行了。

可是，這樣的平靜並沒有持續很久。法國軍隊抓到白金漢公爵的密使，這才知道德國、西班牙、英國這三國已經結成聯盟要對抗法國。

黎塞留樞機主教越來越忙碌了。任何細微的風吹草動，他都不放過。所以，黎塞留樞機主教住的那間小房子，整天都有密使出入。

另一邊，親衛火槍手只剩下包圍敵人的任務了。這對他們來說並不困難，所以他們很輕鬆的四處閒晃。

有一天晚上，達太安要在戰壕站崗而不能外出。阿多斯、波爾托斯、阿拉密斯三人騎著馬、披上披風，來到一間名叫「紅鴿亭」的酒館。

在回程的路上，三人恰巧撞見黎塞留樞機主教遮著臉、帶著一名隨從，騎著馬迎面而來。

黎塞留樞機主教詢問三人，是不是能當他的護衛，跟他一起到「紅鴿亭」去。

其實，主教是擔心這三人把他深夜離開營地的事說出去，那就麻煩了。

三人答應陪同，便調轉了馬頭。

剛才阿多斯他們在紅鴿亭的時候，有幾個醉漢正在鬧事，現在已經不見任何客人了。

似乎是店裡收到有高官要來的通知，老闆把客人都打發走了。

黎塞留樞機主教對老闆說：

「樓下有房間嗎？在我辦完事之前，我想讓這幾位先生烤烤**暖爐**等我。」

老闆打開一間大房間的門，並帶三人進去。火槍手們進了房間之後，黎塞留樞機主教就上二樓去了。

波爾托斯和阿拉密斯請老闆拿骰子來，兩人就玩了起來。

阿多斯則是一個人若有所思，在房間裡來回踱步。這個房間裡最近剛裝了大壁爐，舊的暖爐還沒拆掉。而舊暖爐的煙囪另一端，就通往二樓的房間。

阿多斯每次走過舊暖爐旁邊，就會依稀聽見有人說話的聲音。

這引起了阿多斯的注意，他靠近暖爐旁邊聆聽。過了一會兒，阿多斯對另外兩人打手勢，要他們安靜。然

暖爐
燒木柴或碳，讓房間溫暖的暖房器具。當時的暖爐是鐵製的箱形，放在房間中央，為了讓煙排出室外，需要有很長的圓筒形煙囪。

後，他彎下身子，把耳朵緊貼在暖爐下方的煙囪口。

「聽我說，米萊迪，這件事很重要。妳先坐下，我們好好談一談。」阿多斯聽見黎塞留樞機主教的聲音。

「我會專心聽聞您的指示。」

阿多斯不禁打了個冷顫，那聲音他的確聽過。

「我要妳接下來去倫敦一趟。**拉普安特**的碉堡邊，有一艘小船等妳。船員雖然是英國人，但是是我的人。我希望妳明天早上就坐那艘船出發。」

「那麼，我今天晚上就得離開這裡了。」

「沒錯，等我事情交代完，三十分鐘後，就會有兩個人來接妳。」

「您有什麼吩咐呢？」

阿多斯招手示意波爾托斯他們靠過來。

拉普安特

拉羅歇爾南方約四十公里處的大西洋岸上的地名，有軍事碉堡。

黎塞留樞機主教的聲音傳來了。

「聽好了，妳到倫敦之後，就馬上去見白金漢公爵。」

「可是，自從鑽石那件事以來，公爵便已開始懷疑我，對我有戒心了。」

「這次妳不用去跟他談心，就以我的手下的身分去見白金漢公爵就行了。我要妳告訴他，我對他的計畫瞭若指掌，要是他敢輕舉妄動，王后就會身敗名裂。」

「這種威脅對他有效嗎？」

「嗯，我有讓他百口莫辯的證據。公爵從雷島撤退時，慌忙之中忘記帶走謝弗勒茲夫人的信了。要是把那封信公諸於世，大家就會知道王后跟法國的敵人一起圖謀不軌。」

「要是這樣還不能讓公爵改變心意，他仍然堅持要跟法國對戰的話……」

「**舊教的修士**把白金漢公爵當成是上帝的敵人，那些接受修士教誨的宗教狂也打從心裡憎恨公爵。」

「所以呢？」

「你就找一個年輕貌美而且怨恨公爵的女人，讓她去煽動年輕的宗教狂，讓那個宗教狂殺了公爵就行了。」

「我知道了。接下來，請您聽我說說我的敵人吧。」

「是哪些人？」

「首先，是波那瑟那個不知天高地厚的女人。」

「她雖然逃走了，可是我記得，她又被抓到，現在應該在牢裡。」

「那是稍早之前的事。後來，王后得到國王的允許，把她藏在修道院裡了。」

「哪一座修道院？」

「我也不知道。」

「好吧，我會查出來。」

舊教的修士

指羅馬天主教的修士。英國反抗天主教，並成立名為英國國教會的獨立基督教（新教的一種），所以想當然爾，天主教的修士也很憎恨白金漢公爵。

「另外，我還有一個比較棘手的敵人。」

不知道是不是因為光想到那個人就生氣，米萊迪的聲音有些顫抖。

「黎塞留大人，您也認識他，就是親衛火槍手的同夥，曾打傷您的侍衛。他襲擊大人的密使瓦德伯爵，又在鑽石事件裡幫助王后脫困。他發現擄走波那瑟夫人的就是我，正打算取我的性命。」

「哦，妳說的是那個勇敢的傢伙啊。」

「正因為他勇敢，才更可怕。」

「要是有他跟白金漢公爵串通的證據就好辦了。」

「要多少證據我都有。」

「那好，把證據給我，我馬上送他進巴士底監獄。」

「謝謝大人。」

「那麼，為了讓妳如願以償，我來寫一通命令。給我紙筆。」

聽到這裡，阿多斯把波爾托斯和阿拉密斯拉到房間角落。

「幹什麼？你不聽完嗎？」波爾托斯不太高興的說。

「噓！重點我都聽到了。你們要是想多聽一點，就請便吧。我先回去了。」

「要是等一下黎塞留樞機主教下來，問起阿多斯上哪兒去了，我們該怎麼說？」

「在他問之前，你們先告訴他，說我聽了老闆的一些話，想到回去的路上可能有危險，所以先出去戒備了。」

黎塞留樞機主教的隨從在房間外面等著。阿多斯也對這名隨從說了剛才對波爾托斯他們說的那些話。然後，他檢查一下手槍之後就跑出酒館，消失在黑暗之中。

米萊迪的真面目

阿多斯在周圍繞了一圈，然後又回到紅鴿亭附近，藏身樹叢裡。

過了不久，阿多斯目送黎塞留樞機主教和兩位隨從回去之後，他就跑回紅鴿亭。然後，他對出來應門的老闆說：

「剛才那位長官真粗心，他有一件重要的事忘記交代二樓那位女士，派我回來傳話。」

「您辛苦了。她還在房裡。」

阿多斯腳步輕盈的上了二樓。米萊迪正好面向裡面，準備戴上帽子。

阿多斯悄悄進了房間，隨手在背後把門鎖扣上。米萊迪聽見門上鎖的聲音，立刻回過頭來。

她看見一個圍著披風、帽子壓低到眉間的男人站在門口，一句話也不說，動也不動。就連見過大風大浪的米萊迪也不禁心裡發毛。

「你是誰？你想做什麼？」

阿多斯喃喃自語：

「沒錯，果然是她。」

阿多斯解下披風，摘下帽子，朝米萊迪走去。

米萊迪本來想往前一步，但隨即畏縮的退了回去。

「還認得我嗎？」

「看來，妳還記得。」

「**拉費爾伯爵**！」

米萊迪一步一步往後退，直到背部貼著牆壁，退無可退，她的臉色蒼白。

拉費爾伯爵

阿多斯在貴族時期的名字。阿多斯原本出身於拉費爾名門，又有伯爵爵位，所以才有這個名字。他為了隱藏自己噩夢般的過去，改名阿多斯是古希臘的山岳名稱，並且當了火槍手，但是他無法完全隱藏身為貴族的教養。除了上流社會的禮儀規矩，他還有各個貴族的家系和徽章、哲學、宗教等知識，甚至還能指出阿拉密斯寫的拉丁語文法錯誤。

「沒錯，米萊迪。我是拉費爾伯爵。我太想妳了，所以從另一個世界出來見妳。」

米萊迪嚇得說不出話，當場癱軟在地上。

「妳這個女人，簡直是地獄來的惡魔。我原以為已經徹底將妳解決，讓妳再也不能翻身了。沒想到，不知道是我誤會了，還是地獄的力量讓妳復活了。」

米萊迪低下頭，悶哼了一聲。

「沒錯，是地獄讓妳復活了。給了妳一個高貴的身分，還給妳另外一個名字。不過，妳那污穢的靈魂，還有烙印在妳身上的犯罪印記，還是跟以前一樣。」

米萊迪霍然起身，眼睛裡發出閃電般的光芒。

阿多斯更用力的看進米萊迪的雙眼之中，然後接著說：

他廣泛的學識，就連國王路易十三世也驚訝不已。

「妳以為我已經死了，對不對？就像我也以為妳已經死了一樣。其實，阿多斯這個名字，隱藏了拉費爾伯爵的真面目；就像米萊迪這個名字，隱藏了安娜・布埃這名女子的真面目一樣。當初，妳那個不知道哪裡來的哥哥把妳嫁給我的時候，妳就是用這個名字。」

米萊迪喘著氣說：

「你到底為什麼來這裡找我？」

「我先告訴妳，我無時無刻都在盯著妳的所作所為。」

「你的意思是，你很清楚我都做了些什麼事？」

「從妳替黎塞留樞機主教辦事開始到今天晚上為止，我可以一件一件說出妳做過的事。」

米萊迪毫無血色的嘴唇上掠過一絲微笑，似乎表示她並不相信。

「首先，妳從白金漢公爵戴著的流蘇首飾上剪下兩顆鑽石，又擄走了波那瑟夫人。達太安發現了妳的祕密，於是妳派了兩名士兵去殺他，不過，士兵的子彈沒能打中他。妳又用他朋友的名義，送給他有毒的葡萄酒。最後，就在剛剛，妳答應黎塞留樞機主教去暗殺白金漢公爵，交換條件是主教必須殺了達太安。」

米萊迪的臉色鐵青。

「你才是惡魔。」

「也許吧。」阿多斯冷冷的說。

「有一件事，我先跟妳說清楚。白金漢公爵的事，我不會插手，不過妳休想對達太安下手。他是我有如親兄弟般的好朋友，妳膽敢動他一根汗毛看看。到時候，我會讓妳再也幹不了壞事。」

「其他人我可以不管，只有這個傢伙，我無論如何都不會放過。」米萊迪說道，聲音十分低沉、詭異。

阿多斯站起來，拿出懷裡的手槍。米萊迪披頭散髮，背部緊貼著牆壁，嘴裡發出野獸般的喘息。

阿多斯緩緩舉起手槍，槍口幾乎要抵著米萊迪的額頭。

「把剛才黎塞留樞機主教寫的命令交給我，否則我就在妳美麗的頭上開個洞。」

米萊迪卻一動也不動。

「我給妳一秒鐘考慮。」

阿多斯臉上的肌肉抽了一下，幾乎就真的要扣下扳機了。

米萊迪急忙伸手從胸口拿出一張紙，交給阿多斯。

阿多斯收起手槍，走向燈火旁邊，打開紙條。

這張紙條的持有者無論從事任何行動，都是奉我的命令。

一六二七年十二月三日　黎塞留

阿多斯拾起披風，戴好帽子。

「這麼一來，妳就是一條已被拔掉毒牙的**蝮蛇**了，以後，就隨妳亂咬吧。」

阿多斯丟下這句話，就頭也不回的離開了。

酒館門口，有兩個人牽著馬等在那兒。阿多斯對他們說：

「請你們依照閣下的命令，把那位女士送到拉普安特去吧。在她坐上船之前，請你們千萬不要離開她身旁。」

阿多斯說的話，和他們從黎塞留樞機主教接到的命令一樣，於是兩人便點了點頭。

阿多斯身手矯健的跨上馬，一溜煙的飛奔而去。然後，他抄近路搶在前頭，在營地之前等候黎塞留樞機主教一行人。

看見主教的隊伍之後，阿多斯便開口說：

「閣下，路上沒有任何異狀。」

「想必是剛才先去探路的火槍手了？」樞機主教

蝮蛇（第249頁）

毒蛇的一種，體長約六十～七十公分。脖子細、頭呈三角形，背上有圓形的錢幣花紋。眼睛和鼻子之間有一道很深的凹陷，可以偵測到熱源，因此即使在眼睛看不見的的方，也能捕捉蜥蜴、青蛙、老鼠等獵物。

說。

「是的，閣下，正是在下。」

「謝謝，你辛苦了。」

黎塞留樞機主教向阿多斯道了聲謝，就進到營地裡去了。

等到主教走遠之後，波爾托斯和阿拉密斯異口同聲的說：

「這樣好嗎？樞機主教不是給那個女人簽了字據嗎？」

「我知道，那張字據已經在我身上了。」阿多斯非常平靜的說。

三人回到營地之後，馬上派木斯克東去找布朗歇，要布朗歇告訴達太安，要他一從戰壕下崗，就立刻來找他們。

另一方面，米萊迪本來想把剛才的事都告訴黎塞留樞機主教，可是她擔心她要是這麼做，阿多斯也一定會把她過去的祕密抖出來。她想來想去，決定還是先按兵不動，等到這次的任務完成之後，再向樞機主教告狀。

隔天早上九點，載著米萊迪的那艘船，朝英國啟航了。

危險的打賭

達太安前來會合之後，四人便聚集在同一個房間裡。達太安說：

「喂，你們叫我過來，想必有什麼重要的事吧。不然，我可要抱怨了。昨天一整個晚上，我們都在想辦法破壞敵人的一座碉堡。好不容易可以休息了，我卻要趕來找你們。」

波爾托斯捻著小鬍子說：

「我們也辦了一點小事呢。」

「噓，別這麼大聲！」

看見阿多斯皺著眉頭，達太安就知道應該是出事了。

阿多斯說：

「我們去『帕爾帕約』吃飯吧。這房間的牆壁薄得跟紙糊的一樣，說話很容易被聽見。」

帕爾帕約是位在營地裡的酒館。

可是在酒館裡，他們也沒辦法談事情。他們來錯時間了，早上剛起床的士兵都聚在這裡吃早餐，喝一杯。一早生意這麼好，老闆笑得很開心，不過阿多斯他們四人卻笑不出來。

認識他們的士兵老是來跟他們搭話，一名**輕騎兵**提起昨天晚上的作戰，阿多斯聽了之後，便想到一個好主意。

「各位，我們來打個賭。」

「要賭什麼？也算我一個吧。」輕騎兵反問。

「我們也加入。」四名士兵對阿多斯的提議很感興

輕騎兵

從十六世紀到十九世紀，身穿輕便的武裝、騎馬作戰的士兵。

趣。

阿多斯開始說明：

「我和我這三位夥伴，波爾托斯、阿拉密斯、達太安，我們四個現在就到前線的碉堡吃早餐。然後，不管敵人用什麼方法驅趕，我們都要在那裡待上一個小時。」

賭注如下：要是阿多斯他們撐過一個小時，對方就要請一桌八人的晚餐，要是他們中途逃跑了，八人的晚餐就由阿多斯他們買單。

說好之後，四人就讓格里莫拿著早餐，往前線的碉堡走了過去。

打賭的事馬上就傳開了，士兵們都聚在一起看熱鬧。

越過戰壕之後，達太安問阿多斯：

「我們去那座碉堡到底要做什麼？」

「我們有重要的事要談。帕爾帕約太吵了，連話都不能好好說。去那座碉堡就不會有人來打擾了。而且，要是剛好擊退了敵人，我們還能立功呢。」

他們到了碉堡，回頭一看，已經有三百多名士兵聚集在我方營地看熱鬧了。

阿多斯脫下帽子掛在劍尖上，並且高高舉起揮舞著。然後，四人就進了碉堡。

格里莫準備著餐點。在這段時間，阿多斯指示達太安他們去收集碉堡裡陣亡的敵軍和我軍的槍彈。

「火槍有十二枝，子彈上百發。」阿拉密斯回報。

「有這麼多武器就夠了，接著把子彈裝進火槍裡吧。」達太安說。

武器都備妥之後，格里莫來通知大家用餐。

「你上去**瞭望台**監視。上面應該會很無聊，你就帶著麵包和肉，還有一瓶葡萄酒上去吧。」阿多斯對格里莫說。

瞭望台
為了監視敵人的動靜或攻擊，建在碉堡城牆上的高塔。

接著，四個人席地而坐。

「好了，快告訴我是怎麼回事。」達太安催促著阿多斯。

「我昨天見到米萊迪了。」

達太安正拿起酒杯要湊到嘴邊，但是聽見米萊迪的名字，他吃了一驚，又把酒杯放下。

「所以，我死定了？」

「不，現在放棄還太早，她現在應該已經離開法國了。」

達太安鬆了一口氣。

「不過，那個叫米萊迪的女子到底是誰？」波爾托斯問。

「是個美人。拜達太安所賜，那美人原本正在執行的一項重要任務失敗了，所以她對達太安恨之入骨。兩個月前，她派人去戰場上趁亂槍殺達太安，一個月前，她又想毒死他，不過都沒有成功。昨天，她終於向黎塞留樞機主教哭訴，催主教取達太安的人頭。」

「什麼，她向黎塞留樞機主教哭訴，要我的命？」
「沒錯，我也聽見了。」
波爾托斯這麼說完，阿發密斯也說：
「我也聽見了。」
達太安像洩了氣的皮球。
「這麼說來，我再掙扎也沒有用了。我還不如朝自己的頭開一槍，一了百了還比較乾脆呢。」
「別說傻話，你還有我們三個呢。等等，格里莫在打暗號了。格里莫，你看見什麼了？」
瞭望台上傳來格里莫的回答：
「一支敵人的隊伍。」
「多少人？」
「二十人。」

「什麼兵？」
「**工兵**十六人，步兵四人。」
「離我們多遠？」
「大約五百步。」
「好，還來得及，我們還有時間吃完這隻雞，再為達太安乾一杯。」
阿多斯一口氣喝光杯裡的酒，然後漫不經心的站起來，拿起一枝槍，走到**槍眼**旁邊。達太安他們三人也跟著。
格里莫就在四人身後負責充填彈藥。過了不久，他們就看見敵人沿著戰壕慢慢靠近。
「什麼嘛，都是一些扛著**尖嘴鍬**和鏟子的傢伙。算得上是我們的對手嗎？」阿多斯錯愕的說。

工兵
在戰場上使用工具搭建碉堡或在河上搭橋、鋪設新路等等，有助於我方戰鬥的部隊。

槍眼
為了監視敵人的舉動，或射擊槍砲，而在城牆等地方挖的小洞、縫隙。

尖嘴鍬
土木作業中使用的工具。兩端細且尖銳，主要用在挖掘堅硬的地面。

「可是，四名步兵和一個像隊長的男子拿著火槍呢。」

達太安一說完，阿拉密斯也露出為難的表情說：

「不，我也不想對那些根本算不上士兵的傢伙開槍。」

「好吧，那我去給他們警告一聲。」

阿多斯一說完，也不管達太安的阻擋，他就一手拿著帽子、一手拿著火槍，跳上碉堡的缺口。

敵人大吃一驚，紛紛停下腳步。阿多斯很有禮貌的打了招呼，並對他們說：

「各位，我們正在這座碉堡裡用餐。各位也知道，用餐的時候有人打擾，是最討厭的事了。所以，如果各位要來這座碉堡辦事，請你們等我們吃完飯，或者等一下再來吧。」

敵人的回應是四發槍響。子彈打到阿多斯的周圍，沒有一發打中他。

幾乎在同時，這邊的四枝火槍也擊發了。三名步兵被擊倒，一名工兵受了傷。

「格里莫，把替換的槍拿來！」

阿多斯仍然站在毫無掩蔽的缺口上。

第二次射擊，他們解決了敵人的隊長和兩名工兵。剩下的人全都掉頭逃走了。

四人衝出碉堡，奪取敵軍的四枝火槍和隊長的長矛，然後又回到碉堡。

「格里莫，再把子彈裝好。」

阿多斯命令了他的隨從之後，四人就繼續用餐，接著繼續剛才的談話。

火槍手們共商大計

阿多斯告訴其他人，米萊迪為了暗殺白金漢公爵，渡海到英國去了。

達太安聽了氣憤難當。

「怎麼有這麼卑鄙的作法。」

「其實，這也沒什麼。」

阿多斯輕描淡寫的說，接著轉向格里莫。

「格里莫，你把子彈裝好之後，把餐巾綁在剛才搶來的那枝長矛尖上，再把它插在碉堡上，那就代表我們的旗幟。」

達太安對阿多斯極力反駁。

「難道公爵被殺，你也無所謂嗎？公爵可是對我們很友善啊。」

「公爵是英國人，而我們現在正在和英國對戰，不是嗎？我對公爵的事，就像對這只空酒瓶一樣，一點都不在乎。」

阿多斯話一說完，就把一滴都不剩的葡萄酒瓶遠遠的拋出去。

「我沒辦法對公爵這麼冷漠。」

「這種話，以後我們再重新考慮也不遲。我現在最在意的是米萊迪從黎塞留樞機主教那裡拿到的紙條。只要有那張紙條，她就算殺了你我，也不會有罪。」

「她居然有免死金牌？」達太安驚訝的說。

「現在已經在我手裡了。你看，就是這張。」

阿多斯從披風的口袋拿出那天在紅鴿亭二樓從米萊迪手上搶來的字據。達太安急忙打開那張字據，念出上面寫的字。

這張紙條的持有者無論從事任何行動，都是奉我的命令。

一六二七年十二月三日　黎塞留

達太安大吃一驚。阿多斯說得沒錯，只要有這張字據，米萊迪不管做什麼事都不怕被問罪。

「這張字據最好撕掉。」

「開什麼玩笑！這張字據一定要妥善保管。就算給我金山銀山，我也絕不讓給任何人！」阿多斯說。

接著，波爾托斯問：

「可是，你明明抓到她了，怎麼不把她丟進海裡呢？只要她死了，就再也不會來找麻煩了，不是嗎？」

「你真的這麼認為嗎？波爾托斯。」阿多斯的臉上浮現慘淡的笑容。

「有敵人！」這時候，格里莫突然大叫一聲。

四人放眼望去，這次的敵人是二十多人的部隊，而且，沒有工兵混在裡面，都是全副武裝的士兵。

「要撤退嗎？我們人數差太多了。」波爾托斯說完，阿多斯搖搖頭說：

「不行，我們還不能回去。第一，我們的早餐還沒吃完，第二，我們的事情還沒談完。第三，我們跟人打賭要撐一個小時，現在還差十分鐘。」

「總之，先擬個作戰計畫吧。」阿拉密斯說。

「那還不簡單。敵人只要一走進子彈的射程距離，我們就一齊開槍。只要還有子彈，我們就繼續打。剩下的，就等他們走到碉堡底下，我們便可推倒這面搖搖欲墜的城牆，往他們頭上砸下去。」

「這個計畫太妙了，阿多斯。」波爾托斯對阿多斯讚不絕口。

四人各自拿著火槍，瞄準敵人。

「好，聽我口令，開槍！」

四聲槍響齊鳴，四名敵軍應聲倒下。敵人敲起軍鼓，繼續向前進攻。霎時間，敵我的子彈齊飛，隔空交錯。

達太安他們的槍法精準，可是，敵人也發現他們的人數不多，便以衝鋒的速度向前推進。

很快的，約十五名敵軍就衝到碉堡底下了。達太安他們一齊發射最後一排槍，不過對方也相當勇敢，繼續衝鋒，來到碉堡的城牆缺口，正準備往上爬。

「就是現在，推牆、推牆、推牆！」

格里莫也來幫忙，五個人漲紅著臉，以火槍的槍托使勁的推牆。原本就搖搖欲墜的城牆，不一會兒就發出極大的聲響，向下崩塌。

「哇！」敵人的慘叫聲四起，周圍塵土飛揚。

塵土散去之後，他們看見兩、三名士兵拖著跛腳，往小鎮的方向撤退。

阿多斯看了看懷表。

「剛好過了一小時，我們打賭贏了，不過事情還沒談完。」

「阿多斯，我決定了，我要去英國，再去見白金漢公爵一面。」

達太安一說完，阿多斯卻冷冷的回絕：

「不行，你不能去。」

「為什麼不行？之前我不是去過一次了嗎？」

「那時候英法之間還很和平，所以沒關係，可是現在兩國正在打仗，你要是去英國，人家會把你當成叛國賊啊。」

阿多斯說得很有道理，達太安只能沉默不語。

這時候，拉羅歇爾那裡傳來進軍的軍鼓聲。看來，這次敵人的數量，可不像前兩次這麼少了。

「看來，敵人終於要派出一整個連隊了。」

阿多斯漫不在乎麼說完，便轉過頭命令格里莫：

「格里莫，把這些人……」阿多斯指著倒在碉堡裡的敵人屍體。

「把這些人扶起來，靠在碉堡的城牆上。然後給他們戴上帽子，再把火槍放在他們手上。」

接著，阿多斯轉向達太安他們。

「我跟你們說說我的想法，米萊迪是不是有一個大伯。」

「沒錯，是溫特男爵，他對米萊迪沒什麼好感。」

「那好，就派人通知男爵，說他的弟媳想要殺害白金漢公爵，請他盯緊她。」

阿拉密斯接著說：

「不只要通知溫特男爵，也要通知王后。」

王后肯定也有她的辦法可以通知白金漢公爵。

事情談妥了。

「可是，通知信要派誰送去呢？」

「英國的話，就派我家的布朗歇去吧。他跟我一起去過倫敦，而且別看他只是個隨從，他可是相當勇敢呢。」

「那麼，給王后的信，就派我家的巴贊送去吧。」阿拉密斯推薦自己的隨從。

「說得也是。我們不能擅自離開崗位，但是隨從可以代替我們去。」波爾托斯對這兩人縝密的心思感到佩服。

阿拉密斯一掃臉上的陰霾，他說：

「我們寫好信，再給布朗歇和巴贊一些錢，他們就能馬上出發了。」

阿多斯驚訝的說：
「給他們錢？你有錢嗎？」
四個人的表情又暗了下來。好不容易想到好辦法，卻沒有錢。
就在這時候，達太安大喊：
「敵人來了！我看見那邊有紅點和黑點在蠕動。」
大夥一看之下，敵軍似乎不只一個連隊。
「喂，格里莫，你準備好了沒？」阿多斯呼喚著。
格里莫打了個手勢，表示準備好了。
那幾具屍體，有的舉著槍在瞄準，還有的手裡握著出鞘的劍。每一具屍體都活靈活現，就像活生生的士兵一樣。
阿多斯稱讚格里莫的巧手。然後，五個人走出碉堡，不慌不忙的走回我方營地。

達太安成為火槍手

五個人才走了十步，阿多斯突然停下腳步。

「糟糕！」

「怎麼，你忘了拿什麼東西嗎？」

「那面旗。就算只是一面餐巾做的旗幟，也絕不能落入敵人手中。」

阿多斯話一說完，就回頭跑回碉堡裡，去把掛在碉堡頂端的旗幟拔下來。

就在這時候，彈如雨下，敵軍紛紛朝著阿多斯開槍。不過，子彈全都只是擦過這個不怕死的人身旁而已。

我方的營地裡，大家都跑出來看著這一幕。阿多斯舉起從碉堡頂端拔下的餐巾，並朝著我方營地揮舞。我軍齊聲歡呼，敵軍則是氣憤的怒吼。

接著，敵軍的子彈又飛過來了，這次把餐巾打穿了三個洞。這下子，這面旗幟終於有點軍旗的樣子了。

阿多斯總算從碉堡下來，跟達太安他們會合了。五個人從容不迫的走回營地。

過了一會兒，後面又傳來一陣激烈的槍聲。

「奇怪，子彈怎麼不是往這裡飛啊？」波爾托斯覺得不可思議。

「他們正朝著那些屍體開槍呢。而這段時間，我們就能回到安全的地方了。」

又過了一陣子，後面再度傳來槍聲。這次，五人腳邊的小石子被打飛了起來，子彈從他們耳邊呼嘯而過。

「那些人的槍法還真差勁。不對，達太安你的手怎麼了？怎麼在流血？」

阿多斯就像父親一樣，總是關心達太安的安危。

「沒事，這不是被子彈打傷的，只是擦破了皮。剛才我的手指被石牆夾住了，擦傷而已。」

「你看看，你就是戴了這個鑽石戒指才會受傷。」阿多斯半嘲笑的說。

波爾托斯興奮的說：

「鑽石？那我們就不必擔心沒有錢啦！把鑽石賣掉就行了。」

「可是，這是王后賞賜給我的啊。」

「達太安，如果是為了救白金漢公爵，王后也會原諒你的。」阿多斯說。

這麼一來，所有事情都談妥了。

他們回到營地，立刻引起一陣騷動。

「親衛隊萬歲！」「火槍手萬歲！」的歡呼聲響成一片。

來看熱鬧的人越來越多，最後甚至聚集超過兩千人了。

由於喧鬧聲實在太大，驚動黎塞留樞機主教派人來看發生什麼事。

聽取報告之後，樞機主教低吼了一聲。

「又是他們。看來，我非得拉攏那四個人不可。」

當天晚上，黎塞留樞機主教立刻去見特雷維爾隊長。

由於特雷維爾隊長已經聽過四人報告這件事了，於是他就把整件事詳細告訴樞機主教。當然，他也沒忘了補上餐巾旗的小插曲。

「這件事真有趣。我說，特雷維爾先生，不如用金線在那面餐巾旗上繡三朵百合花，當你們隊上的隊旗如何。」

「如果把功勞都給火槍手，對侍衛就太不公平了。達太安不是我隊上的人，他是艾薩爾隊的侍衛。」

「既然如此，那四個人感情這麼好，乾脆也讓達太安加入你們火槍隊吧。」

當天晚上，特雷維爾親衛火槍隊長就向四人宣布這個好消息。

達太安開心得簡直要飛上天了。成為一名火槍手，是他到巴黎以來的夢想，三位朋友也都滿心歡喜。

達太安立刻去找隊長艾薩爾侯爵，並向他報告自己被提拔成火槍手了。

平常就很喜愛達太安的艾薩爾侯爵對達太安說，趁這個時候，他要是有什麼要求就儘管說，不用客氣。

於是，達太安就把王后賜給他的鑽石戒指交給侯爵，請侯爵替他變賣成現金。

隔天早上八點，艾薩爾侯爵的隨從來到達太安的房間，並交給他一只裝了金幣的袋子。那就是王后那枚戒指換來的錢。

兩名使者

這一天中午，特雷維爾隊長請四位夥伴吃午餐，慶祝達太安成為火槍手。達太安已換上火槍手的制服，是阿拉密斯把他多出來的一套讓給了達太安。

當天晚上，四人又聚集在阿多斯的房間，進行最後的商量。

四人決定派阿拉密斯的隨從巴贊前去通知王后。不過，巴贊並不是直接去見王后。有一位和阿拉密斯很親近的女性友人在圖爾，先讓巴贊去找她，然後由那位女子去聯絡王后。

派去通知溫特男爵的使者，則決定由達太安推薦的布朗歇擔任。

寫信是阿拉密斯的任務，因為他能用拉丁語寫論文，還能作詩。

阿拉密斯沉思了一段時間之後，就用他那如女性娟秀的字體，寫下給溫特男爵的信。

男爵閣下：

聽聞閣下想讓您親戚裡的一位女子的小孩當您的繼承人。不過，那名女子嫁入您的家族之前，已經在法國結過一次婚了。因為她，閣下已經有兩次險些遭遇不測，現在第三次危險也將來臨，請您千萬要小心。那位女子目前正從拉羅歇爾出發前往英國，準備要做一件無法無天的壞事，請您格外小心。要是您想知道那位女子有多可怕，請您查看她的左肩就知道了。

「嗯，寫得真好。這麼一來，就算這封信落入黎塞

圖爾（第275頁）

位於巴黎西南方約兩百四十公里處，羅亞爾河中游的都市。這座都市附近有許多古老的城堡，又有「法國的庭園」之稱。現在是鐵路、道路交通的要塞，也以在羅亞爾河上遊覽城堡的觀光景點聞名。另外，化學、機械、食品、電機等工業也很興盛。（參閱卷首地圖）

留樞機主教的手中，也不會牽連到我們了。」阿多斯笑著說。

阿拉密斯接著寫信給他在圖爾的那位女性友人。

這封信的內容，也不怕讓黎塞留樞機主教瞧見，若是擔心白金漢公爵的人來讀，則能從中看出有人計畫暗殺公爵。

達太安把布朗歇叫來，交付他這個重責大任。

「我會把信藏在衣服的接縫裡，萬一被人抓走，我就把信吞下去。」布朗歇說。

「很好，我給你八天的時間趕到溫特男爵那裡，回程也是八天，總共十六天的時間你就要回來。要是第十六天的晚上八點前你還沒回來，我就不給你獎賞。」

「那麼，請您買一只表給我。」

「這只給你吧。」阿多斯一如往常，慷慨的把自己的表給了布朗歇。

「這可是一只好表呢，布朗歇。相對的，你也要好好辦事啊。」達太安說。

阿多斯接著說：

「要是你洩露了祕密，或是在途中耽擱的話，你的主人就會人頭落地。要是你害達太安有什麼三長兩短，我會翻遍每一個角落把你找出來，要你陪葬。」

「我也會活活剝了你的皮。」波爾托斯轉動著大眼珠子說。

「我會把你放在火上，用小火慢慢把你烤熟。」連阿拉密斯也說了。

「別再說了，先生們。」布朗歇快要哭出來了。

第二天早上，布朗歇要出發前，達太安再三教他在港口要怎麼收買船家，並且告訴他：

「你把信交給溫特男爵時，記得告訴他，有人想暗殺白金漢公爵，請他千萬要小心。」

「沒問題。我會讓您瞧瞧，我是多麼值得信賴。」

布朗歇說完便敏捷的跳上馬背，頭也不回的向前飛奔。

巴贊也在一大早就前往圖爾，他和主人約定八天就要回來。

兩名使者出發後，四人比以往更加注意身邊的風吹草動了，因為只要一個不小心，他們的生命就會有危險。

第八天早上，四人在帕爾帕約吃早餐時，巴贊帶著一臉笑容出現了。

「阿拉密斯先生，我順利辦完事情回來了。」

四人都鬆了一口氣。

不過，巴贊辦的事情還算簡單，布朗歇還沒回來之前，他們還不能放心。

等待的時間總是特別漫長，對坐立難安的達太安來說，一天彷彿有四十八小時。

終於到了第十六天，達太安他們出於擔心，早早在布朗歇回來的路上來來回回的走。

太陽下山了。四人走到帕爾帕約。到了晚上七點，哨兵離開酒館，回到自己的崗位上。到了七點半，軍鼓響起，表示該回營房了。

「完了！」達太安低聲對阿多斯說完，便起身離開酒館。

波爾托斯和阿拉密斯雙手交叉在胸前，也跟在達太安後面出來。

這時候，黑暗中突然浮現一個黑影，接著，他們聽見一個熟悉的聲音。

「主人，我把您的披風拿來了，今晚有點冷呢。」

「哦哦，是布朗歇啊！」達太安開心的叫了起來，聲音還有些發抖。

這時候，正好響起八點的鐘聲。

一行人回到營房，達太安叫布朗歇站在門口把風，然後他跟夥伴們進了房間，打開那封期待已久的回信。信上寫了非常簡潔的一句話：

謝謝，請放心。

達太安立刻把那封信放在燈火上，燒成灰燼。

當天晚上，大夥等了十六天，終於可以放心睡一覺了。

第五部　與惡魔的戰爭

米萊迪被捕

多佛海峽波濤洶湧，激起白色泡沫的浪頭，讓米萊迪更是爆跳如雷。米萊迪實在不甘心沒有對達太安和阿多斯有任何報復就這麼離開法國。看著波濤起伏的大海，她都煩躁了起來，再也克制不住了。

米萊迪央求船長把船靠在法國那頭的海岸，可是當船真的很接近法國時，米萊迪又改變心意了。

她心想，她已經在海上待了九天，要是再這麼拖拖拉拉下去，倫敦那裡不知道會發生什麼大事。

要是有個萬一，黎塞留樞機主教不但不會聽她的解釋，恐怕還會怪罪於她，最後她決定還是先到倫敦辦事。

於是，船又掉頭航向英國。

也由於米萊迪的猶豫耽擱了行程，在布朗歇辦完事準備回法國那一天，她才總算抵達英國的**樸茨茅斯港**。

船進了港口，正準備下錨時，忽然有一艘全副武裝的**快艇**靠近這艘船。

一名軍官從那艘快艇登船，拿出一份公文給船長。過了不久，船長命令所有船員和乘客必須到甲板上集合。

軍官一個接著一個查看船上的人員，船長則拿著名冊跟在後面。軍官走到米萊迪面前，突然停下腳步，仔細打量她，但是並沒有說話。

船駛近碼頭時，天已經全黑，還起了濃霧，周圍顯得更加黑暗。碼頭上的燈光泛起一圈光暈，就像要變天

多佛海峽（第283頁）
英國和法國之間的海峽，位於英吉利海峽的最東邊，往北海的出口。最狹窄的地方只有三十二公里。（參閱卷首地圖）

樸茨茅斯港
英國南端，面臨英吉利海峽的港灣都市。十六世紀以來，便以英國最重要的軍港聞名。現在也有英國海軍的基地和海軍造船廠，司令部也設立在這座城市。（參閱卷首地圖）

的前一天晚上，天空出現的月暈一般。

軍官派人把米萊迪的行李搬上小船，然後對她說：

「請下到小船來，我們送妳一程。」

米萊迪向後退了一步。

「你是誰？怎麼對我這麼親切。」

「我是英國海軍的軍官。」

「怎麼，英國海軍都這麼熱心，會來港口接人上岸嗎？」

「是的。我們一向如此。不過，這並不只是出於熱心，而是謹慎。戰爭期間，每一位外國人都會被送到指定的旅館監視，直到查清他們的身分為止。」

「我不是外國人，我是溫特夫人。」

「不管是誰，都不能享有特別待遇。」

快艇

一般是指裝在軍艦、蒸汽船、大型帆船上，手動划的大型船。這裡是指單桅的小型帆船。

米萊迪只好下到小船上。

碼頭上有一輛馬車在等候。

「這輛馬車是來接我的？」

「是的，請上車。」

「旅館很遠嗎？」

「在城區的另一邊。」

米萊迪坐上馬車，軍官坐在她旁邊。

車夫也不問他們去哪裡，便揮起馬鞭，驅車向前。

這樣的迎接實在令人害怕。米萊迪轉頭看了軍官，但他面向前方，直挺挺的坐著。過了大約十五分鐘，馬車持續在路上奔馳。

米萊迪望向車外，周圍一間房子也沒有，行道樹在黑暗中宛如黝黑高大的禿頭妖怪，迎面而來又消失在身後。米萊迪不寒而慄。

「我們已經出城了嗎？」

軍官仍然沉默不語。

「請你告訴我要去哪裡，不然，我要下車了。」

軍官沒有回答。

「真是夠了。救命、救命啊！」

米萊迪扯開嗓子，大聲呼喊。

可是，周圍的原野連個人影都沒有，當然也沒有人回應她。馬車繼續向前飛奔。軍官就像雕像一般，連眉毛也沒皺一下。

米萊迪的表情變得淒厲，狠狠的瞪著軍官。可是，軍官一點感覺都沒有。

米萊迪想打開車門跳出去。

「跳出去會摔死。」軍官冷冷的說。

米萊迪恨得咬牙切齒。不過，她突然換了張了溫柔的表情，試圖想軟化對方的態度。

「軍官先生，究竟是誰要對我這麼粗暴呢？是你嗎？應該不會是你吧。」

「我並沒有想對妳粗暴的意思。」年輕軍官口氣溫和的回答。米萊迪總算稍為鬆了口氣。

過了大約一小時，馬車停在一座冷清的城堡前面。這裡可以聽見好大的海浪聲，是海浪打在斷崖上的聲音。

軍官很有禮貌的帶著米萊迪走進城堡。兩人走上石梯，來到一扇厚實的大門前，然後，軍官拿出鑰匙。大門隨著低沉的嘎吱聲打開了，裡面就是為米萊迪準備的房間。

房間的窗戶上裝著**柵欄**，大門則是從外面插上門**閂**的構造。也就是說，這是間牢房。

米萊迪全身癱軟的坐在沙發上。

柵欄

把木棒或鐵棒橫豎組合而成的構造。裝在窗上或門上，使其更堅固，或是防止裡面的人逃出來。這裡是指鐵柵欄。

閂

音ㄕㄨㄢ，讓門窗打不開的橫木。

過了一會兒，米萊迪終於忍不住了，她對軍官說：

「這到底是怎麼回事？我犯了什麼罪嗎？」

這時候，傳來人的腳步聲。

「命令我的人已經來了。」

軍官端正姿勢。這時，房門打開，門口出現一個人。

米萊迪一直盯著在陰影處的男子，他慢慢走進光線裡，米萊迪不由自主的退了一步。

「啊！怎麼是你。」

「沒錯，是我。」

原來是米萊迪的大伯，溫特男爵。

「那麼，這座城堡呢？」

「是我的城堡。」

「所以，你是要囚禁我了？」

「嗯，就是這麼回事。」

「你運用權力，只為了把一個女人關在這種地方，不覺得丟臉嗎？」

「好了，我們就好好聊聊吧。」

溫特男爵一說完，就轉向站在門口的軍官。

「費爾頓，辛苦你了，你可以退下了。」

軍官向男爵敬了個禮，接著就離開房間了。溫特男爵又轉回來面向米萊迪。

「妳來英國幹什麼？」

「我想見你。」

溫特男爵的用字遣詞已有些粗魯了。

「唉呀，對我還真好。畢竟，妳是我的財產繼承人的母親嘛。」

米萊迪沒想到溫特男爵已經知道她在覬覦他的財產，聽到男爵的話中帶刺，不由得渾身發抖。

「聽說妳跟黎塞留樞機主教好像很要好。」

「我跟黎塞留大人很要好？」

米萊迪大聲的反問，但心底明白，男爵已經什麼都知道了。

溫特男爵以命令的口氣接著說：

「再過兩、三個星期，我會跟我部下那些士兵一起去拉羅歇爾。在我出發前一天，會有一艘船來接妳，把妳送去**南洋的殖民地**。要是你有任何一絲想回英國甚至想回歐洲的念頭，他們就會一槍打穿妳的腦袋。在那之前，妳就老老實實待在這座城堡裡。我不在的時候，這裡就由剛才那個年輕人指揮。」

溫特男爵把年輕軍官叫來，並慎重吩咐他絕對不能讓米萊迪踏出房間一步，也不能讓她跟任何人有信件往來。之後，男爵就離開了。

南洋的殖民地

南洋是太平洋在赤道附近的海域。殖民地是指十六世紀以後，歐洲各國發展資本主義政策，世界貿易便興盛起來，而為了尋求產業所需的原料和勞力，英、法、西、葡等國家進軍世界各地，並在政治、經濟上統治的地區。這裡是指當時由英國統治，以印尼的爪哇島為中心，散布現今在印尼東部的蘇拉威西島與新幾內亞西端之間的摩鹿加群島。

風雨交加的夜晚

走廊上有海軍看守著，他們的腳步聲聽了讓人心情鬱悶。

米萊迪在牢房裡聽著腳步聲，一邊計畫要如何逃出這裡。

費爾頓看起來應是涉世未深，米萊迪心想，她可以利用這個年輕人。

米萊迪每天在牢房裡祈禱，或是用優美的歌聲唱著聖歌。

費爾頓漸漸動了心，對這名女子萌生同情之心，覺得她明明沒有罪，為何要在這裡受折磨。

米萊迪被抓進來的第五天晚上，費爾頓的央求她說說自己的身世，於是她捏造出逼真的謊言。

「當我還是少女的時候，有男人看上了我，儘管我不理睬他，他卻讓我受盡了折磨。最後，還替我安上莫須有的罪名。他帶來監獄的官差，讓他們在我的肩膀烙上罪人的印記。」

接著，米萊迪突然扯下衣服，露出肩膀，讓費爾頓看她肩上的百合花記號。

單純的費爾頓，完全被米萊迪的演技給迷住了。他深信，眼前這位有如此可怕的遭遇，信仰又虔誠的女性，一定是內心聖潔的人。

於是，費爾頓跪倒在米萊迪面前，親吻她的手。

「是誰這麼狠心，讓妳如此痛苦？」

「是白金漢公爵。所以當公爵知道我回到英國，就命令溫特男爵來抓我。」

隔天傍晚，天候變糟了，晚上十點更下起暴風雨。

這時候，外面突然傳來有人敲玻璃窗的聲音。在閃電的照射之下，米萊迪看見鐵柵欄外出現一張男人的面孔。
米萊迪跑到窗邊，打開窗戶。
「啊！費爾頓先生！」
「噓！別出聲。在我割斷柵欄之前，請妳關好窗戶，躺在床上。」
米萊迪關上窗戶，熄了燈，然後躺在床上屏息等待。
狂風呼呼的吹，海浪也洶湧的拍打在斷崖上。不過，這些聲音裡還夾雜著低沉、割著鐵柵欄的聲音。
每打一次閃電，窗上就映著年輕人的影子。
過了大約一個小時，費爾頓又敲了敲窗戶。
米萊迪從床上一躍而起，跑去打開窗戶。窗外的兩根柵欄被割斷了，缺口剛好可以讓一個人鑽過去。
米萊迪站上椅子，把上半身探出窗戶。
年輕的費爾頓靠著繩梯，在黑暗裡懸在半空中。

「請妳把雙手交叉。」

費爾頓用一條手帕纏住米萊迪的手腕，再用一條繩子綑住。然後，他把米萊迪的雙手掛在自己的脖子上。

費爾頓一階一階爬下繩梯。狂風把兩人的身體吹得搖擺不定。

費爾頓突然停住。繩梯下面傳來腳步聲，兩人就靜靜的懸在離地六公尺高的地方。過了不久，巡邏的士兵走過去了。

米萊迪放心的呼了一口氣，接著就暈了過去。

費爾頓到達地面之後，就抱著米萊迪，往守衛的反方向奔跑。然後，他穿過岩石中間到了海邊，接著吹了一聲笛。

過了一會兒，海面上出現一艘有四名水手的小船。兩人上了小船，四名水手就把船划向停在外海的另一艘船。

費爾頓把綁在米萊迪手上的繩子解開，在她臉上灑了點海水，米萊迪總算醒過來。

「已經沒事了。」

「唔，我得救了，真的得救了。這天空、這大海，還有這自由的空氣！哦，謝謝你，費爾頓先生。」

海上那艘船，是費爾頓為米萊迪僱來的船。費爾頓說他要在樸茨茅斯下船。原來是白金漢公爵現在正在樸茨茅斯。

費爾頓對米萊迪說：

「我要代替溫特男爵去請公爵在流放妳的公文上簽名。我不能再耽擱了，明天就是二十三日。公爵明天就要率領艦隊，出發前往拉羅歇爾了。」

「不能讓公爵離開。」米萊迪大叫。

「放心吧。我絕不會讓他走的！」

聽了年輕人這句話，米萊迪一陣欣喜，身體不禁直發抖。她可以感受到，這個年輕人已經下定決心要殺公爵了。

暗殺白金漢公爵

費爾頓在靠近港口的海灣下船，早上八點左右，他就到了樸茨茅斯。

米萊迪和費爾頓約好，不管發生什麼事，都會等他到十點。

接著，費爾頓來到白金漢公爵所在的海軍司令部。

「我是溫特男爵派來的，有急事求見。」

溫特男爵是公爵最要好的朋友之一，衛兵立刻就領著費爾頓進去公爵的房間。

「為什麼男爵自己不來呢？我聽說他抓了一名女子。」

「男爵要監視那名女子，所以沒辦法親自來見您，請公爵原諒。」

費爾頓一邊說著，一邊把流放米萊迪到南洋小島的文件遞到公爵面前。

公爵迅速看了公文一眼，便拿起筆準備簽名。

這時候，費爾頓說：

「閣下簽這份公文，難道不覺得內疚嗎？」

公爵狠狠瞪了年輕軍官一眼。

「你說這話還真奇怪，我一點都不覺得內疚。那名女子犯了滔天大罪，這一點溫特男爵也很清楚，只把她流放到南洋，已經算客氣了。」

「閣下，那位女子就像天使一樣善良，閣下才是罪孽深重。閣下利用國王對您的信任，讓英國的人民飽受痛苦。為了贖罪，請您放了那位女性吧。」

「你說什麼，好大的膽子！」

公爵往門口踏出一步。

費爾頓一個箭步擋在公爵前面。

「請您簽發命令，釋放溫特夫人吧。」

費爾頓說著，就把一張紙條推到公爵面前。

「你是要強迫我簽名嗎？你發什麼神經。帕托里斯！」

費爾頓擋在公爵和搖鈴中間，公爵只好大聲叫他的部下帕托里斯。

「簽名吧，閣下！」

「我絕不簽。來人啊！」

公爵呼喊著，同時縱身去取自己的劍。

不過，公爵還來不及拔劍，費爾頓就掏出藏在懷裡的小刀，迅速撲向公爵。

就在這時候，帕托里斯也大聲呼喊著，跑進房間稟報。

「大人，外面有法國來的使者！」

「法國來的？」

公爵心想，不知道是誰派來的使者，瞬間轉移了注意力。

費爾頓就利用這個機會，一刀刺進公爵的肋骨。

「啊！卑鄙的小人！」

公爵應聲倒地。

「不好了！快來人啊！」帕托里斯大叫。

費爾頓從敞開的房門逃了出去。他穿過隔壁房間，正要奔下樓梯時，迎面撞上跑上樓的溫特男爵。

看見費爾頓手上染著鮮血，表情扭曲，男爵馬上壓制住費爾頓。

「糟了！遲了一分鐘。」

早上七點，溫特男爵就接到米萊迪已經逃走的通知。從那之後，他就馬不停蹄的趕來這裡。

聽見公爵和帕托里斯的叫聲，在隔壁房間的法國使者也立刻衝進公爵的房間。

「是波爾特啊，看來是王后派你來的。」

公爵躺在沙發上，手緊緊按著傷口，微弱的說。

不過，公爵還來不及跟波爾特說話，房間裡就擠滿人了。過了一會兒，公爵睜開眼睛，他叫其他人都退出房間，只留下波爾特和帕托里斯。

波爾特打開信封，把信湊到公爵眼前，不過，公爵已經看不清信上的字了。

於是，波爾特就念出信裡的內容。

公爵大人：

我真心誠意的想對您說一件事。如果您真的不想讓我擔心的話，就請您停止對法國發動大規模的戰爭吧。這場戰爭，無論對法國或對英國，都會造成巨大的災難。不僅如此，也許您自己也會遭遇到意想不到的災難。有人要取您的性命，請您千萬要小心。

安妮

白金漢公爵的臉上浮現一絲笑容，不久他就從沙發滑落到地板上，嚥下最後一口氣。

溫特男爵走向被綁在外頭露臺柱子上的費爾頓，沉痛的問他：

「你這個笨蛋，可知道那個惡魔般的女子騙了你，把你當成手下使喚了嗎？」

這時候，費爾頓的身體突然一震。

他看見港口的彼端，有一艘船越駛越遠、越來越小。毫無疑問，就是米萊迪坐著的那艘船。

「男爵大人，在下最後有一事相求。請您告訴我，現在幾點鐘了？」

「還差十分鐘就九點了。」

費爾頓發現，米萊迪背叛了他。米萊迪不是說好，會他等到十點嗎？

貝蒂訥的修道院

另一邊，拉羅歇爾的營地裡，這段時間沒有任何新鮮事。感到無聊的國王，決定先回一趟巴黎度假。擔任護衛的二十多名火槍手裡，也包含達太安他們四人。

這個消息實在太令人高興了，達太安也很想回巴黎一趟。多虧阿拉密斯的查訪，達太安已經知道波那瑟夫人就在**貝蒂訥**的修道院。達太安擔心要是那個可怕的米萊迪去了貝蒂訥，見到波那瑟夫人的話就糟了。先前米萊迪就要求黎塞留樞機主教找出波那瑟夫人的藏身之處啊！

達太安心想，一定要把波那瑟夫人帶離修道院，讓她藏身在更安全的地方。為此，需要王后的允許。於是，阿拉密斯又接下這件差事，他透過上次在圖爾的那位女性友人，請她拜託王后寫一封命令。
現在，他們雖然已經拿到那封命令，但是人在拉羅歇爾的營地，就沒辦法去貝蒂訥見波那瑟夫人。所幸，他們剛好被指派要護送國王回巴黎，更令人高興的是，他們到了巴黎之後還有一星期的休假。
四人立刻帶著各自的隨從出發前往貝蒂訥。一開始，達太安打算跟布朗歇兩個人去就好，但是被阿多斯阻止了。
「貝蒂訥那個小鎮是米萊迪從英國回來的時候，跟黎塞留樞機主教聯絡的地點啊。那女人實在太狡詐，難保她不會蒙騙溫特男爵的耳目，從他手中脫逃出來。」
旅途中的某一天傍晚，大夥正在酒館裡喝一杯時，突然有一名魁梧的騎士從中庭跑出去，他跳上馬

貝蒂訥（第303頁）
位於法國北部，里耳西南方約二十公里處的小鎮。
（參閱卷首地圖）

背，對馬揮了一鞭，就往巴黎的方向飛奔而去。

現在已經八月了，那名騎士卻還是用黑色披風緊緊裹著身體。他經過店門口時，一陣風吹來，把他的披風掀了起來。他那頂壓低的帽子，也差一點被吹走。騎士急忙把帽子壓回頭上。

達太安一看見那名騎士的臉，就不由自主的滑落了手中的酒杯，接著，他快步跑向自己的馬。

「怎麼了？達太安！」

另外三人嚇了一跳，趕緊攔住達太安。

「是他！讓我去追他！」

「他？是誰啊？」

「就是他，羅什福爾！」

可是，在這短短幾秒鐘，對方的馬已經全速向前衝刺了。不過，那名騎士的身後，有一個馬廄的夥計朝著他揮手。

「先生、先生，有一張紙從您的帽子裡掉出來啦！」

「喂，這枚金幣給你，把那張紙給我吧。」

達太安放棄追趕騎士了，他拿出一枚金幣，馬廄夥計就很開心的把那張紙交給達太安。

那張紙上只寫了一個詞，「**阿爾芒蒂耶爾**」。

「阿爾芒蒂耶爾？怎麼沒聽過。」火槍手們面面相覷。總之，這張紙要好好收著。

話說，從樸茨茅斯港逃走的米萊迪，後來怎麼了呢？她搭乘的那艘船很巧妙的從英法兩國的軍艦中間穿過，最後抵達法國。米萊迪自稱是從英國逃回來的法國人，順利騙過港口的海關人員。

米萊迪立刻寫了一封信給黎塞留樞機主教，請主教寫一封介紹信給貝蒂訥的修道院，做為她的藏身之

阿爾芒蒂耶爾

位於貝蒂訥東北邊約二十公里處，隔著利斯河與比利時的國界相鄰的小鎮。米萊迪會選擇這個小鎮，是除了她很瞭解附近的地理之外，要是她感到危險時，也只要跨越一條利斯河就能逃離法國到國外。

（參閱卷首地圖）

處。於是，米萊迪拿著那封介紹信，來到了修道院。

口才好的米萊迪，很快就討好了年長的女院長，兩人相談甚歡。不過，米萊迪還不清楚，院長是不是支持黎塞留樞機主教。

於是，米萊迪就利用院長喜歡聽宮廷故事這一點，先試著說說王后的壞話，可是，院長似乎不太感興趣。

接著，米萊迪再試著說說黎塞留樞機主教的壞話，院長很專心的聆聽。

然後，院長一副放心的語氣說：

「就算在這種遠離塵世的地方，黎塞留大人的一些不好的傳聞，還是會自然而然的傳到我的耳裡。其實，我也受了某位高貴人士之託，讓一位年輕的女性寄身在這座修道院裡。聽說那位女性也惹怒了黎塞留大人，而遭受到殘忍的對待呢。」

聽到這裡，米萊迪突然想到，「某位高貴人士」該不會是王后，而藏身在這裡的「年輕女性」有可能就是波那瑟夫人吧。

米萊迪為了問出細節，她便煞有其事的捏造謊言。

「我覺得，我被黎塞留大人騙了。」

「可是，黎塞留大人在信裡寫了，要我好好照顧妳呢。」

「他說得倒好聽，其實是想把我一直關在這裡。」

善良的院長同情米萊迪。

「既然如此，妳大可以逃跑啊，我可以假裝沒發現。」

「您說，我能逃去哪兒呢？世界上大概已經沒有什麼地方是黎塞留大人找不到的了。」

「這是真的。唉，真可憐。」

米萊迪巧妙的利用了院長的同情。

「我真想見見您剛才說的那位不幸的女性，讓我跟她互相安慰彼此不幸的遭遇。」

「小事一樁。那麼，今天晚上我就介紹妳們認識吧。」院長答應了。

當天晚上，兩名女性見面了。兩人雖然是敵對關係，但這還是她們第一次打照面。剛開始，兩人都還不太清楚對方的真實身分。

不過，當她們談到那幾位親衛火槍手，米萊迪說她認識達太安的時候，波那瑟夫人忽然緊緊抓著米萊迪的手。她叫道：

「什麼，您認識達太安先生！」

這麼一來，米萊迪就知道對方是波那瑟夫人了。

米萊迪的心中無比激動。她在心裡暗道：

「原來敵人的同夥就在這裡，我絕不會放過妳！」

波那瑟夫人已經完全信任米萊迪，不小心對米萊迪說出重要的消息。

「今晚或明天，達太安先生就要來接我了。」

「達太安先生要來這裡？怎麼可能。他現在應該在拉羅歇爾吧？只要那座城市攻不下來，他應該就回不來才對。我不相信。」

「那麼，請您看看這個。」

波那瑟夫人把一封信遞給米萊迪。

「唉呀，這是謝弗勒茲夫人的筆跡啊。」米萊迪在心裡嘀咕。

米萊迪如飢似渴的趕緊看了那封信。

妳要做好出發的準備，耐心等候。妳那位朋友，很快就會去見妳了。他會帶妳離開。

這時候，突然傳來馬蹄聲。

「啊，是他來了嗎？」波那瑟夫人急忙跑到窗戶邊。

不過，她有些失望的說：

「唉，不對。不是他。」

接著，院長進來告訴米萊迪，有人來找她。

「好像是黎塞留大人派來的，真讓人擔心。」

接著，院長帶著波那瑟夫人離開房間。

過了不久，樓梯上傳來腳步聲，一名男子出現在房門口。米萊迪一見之下就開心的喊了一聲。原來是羅什福爾伯爵。

殘酷的復仇

黎塞留樞機主教收到米萊迪的信之後，為了瞭解更詳細的情形，派羅什福爾伯爵來找米萊迪。

米萊迪把在英國發生的事仔細說了一遍，同時也說了波那瑟夫人就在這座修道院，還有達太安要來接夫人的事。

「好了，我已經什麼都跟你說了，請你趕快回去向黎塞留大人報告吧。」

「很不巧，我的馬車在半路上壞了。」

「這可是意想不到的幸運呢。」

「什麼意思？」

「我想用你那輛馬車。」

「那我呢？」

「你騎你剛才騎來的那匹馬回去不就行了嗎？」

「騎馬的人不是妳，說得倒輕鬆。從這裡到拉羅歇爾有七百公里的路程啊，妳要我一路騎著馬回去？」羅什福爾伯爵雖然一副厭煩，但最後也只能答應。

「那輛馬車應該已經修好了，請你趕快把它拉過來。」

「我知道了。對了，下次我們要在哪裡見面？」

「我想想。盡量找個人少、冷清的地方。嗯，我們就約**利斯河**附近的阿爾芒蒂耶爾吧。我在那一區長大的，很瞭解那裡的地理環境。」

於是，米萊迪就把那座小鎮的名字寫在紙條上，交給羅什福爾伯爵。

利斯河
源自靠近比利時國界的北法，流過比利時國內、最後流入北海的河川。（參閱卷首地圖）

剛才達太安拿到的就是這張紙條。

羅什福爾伯爵前腳剛走，波那瑟夫人後腳就進來了。波那瑟夫人有些擔心米萊迪，可是沒想到，米萊迪卻是一臉輕鬆愉快的樣子。

「剛才那個人是我哥哥。他的演技還真好，說自己是黎塞留大人的部下。」

然後，米萊迪壓低聲音說：

「聽我說，有一個祕密，我只告訴妳一個人。」

接著，米萊迪就對波那瑟夫人說她哥哥在路上殺了黎塞留樞機主教的使者，然後頂替對方來到這裡。

「再過一、兩個小時，就會駛來一輛馬車，以黎塞留大人的名義把我帶走。」

「但其實，那輛馬車是您的哥哥派來的囉？」

「嗯，沒錯。還有，剛才那封信肯定是偽造的。」

「偽造的信？可是，上面說達太安先生會來接我。」

「那是騙人的。聽說，達太安先生和他的朋友們都還留在拉羅歇爾的營地，根本走不開。我哥哥說，他看見一些黎塞留大人的手下裝扮成親衛隊的火槍手。也就是說，他們要讓妳以為來的是朋友，把妳叫出來，但其實是要把妳帶回巴黎。」

「唉，怎麼辦。」

波那瑟夫人雙手抱著頭，不知道該如何是好。

米萊迪抓住這個機會，親切的邀波那瑟夫人一同坐上來接她的馬車，一起逃跑。波那瑟夫人相信了米萊迪。

過了不久，馬車來了。米萊迪決定和波那瑟夫人一起吃完飯之後再離開。

米萊迪在兩只小酒杯裡倒了葡萄酒。米萊迪正要把酒杯湊到嘴邊的時候，外頭突然隱約傳來馬匹的嘶鳴聲。

米萊迪放下酒杯，她的臉色發白，跑到窗邊。

波那瑟夫人也顫抖著站起來，她緊緊抓著椅子以免跌倒。

「那是什麼聲音啊？」

「妳待在這兒別動，我去瞧瞧。」

太陽已經西下，昏暗的光線讓人只能勉強看清楚眼前的事物。不過，米萊迪聚精會神的望向外頭的馬路。

忽然間，她看見道路的轉彎處有帽子上的羽毛裝飾。米萊迪迅速數了一遍，騎著馬過來的有八人，其中一人跑在前頭，與其他夥伴拉開一段距離。

米萊迪像是喉嚨被勒住一般，發出低沉的悶哼聲。跑在最前面的騎士，正是達太安。

「黎塞留大人的侍衛來了。快，我們快逃吧！」

「好，我們快逃。」波那瑟夫人雖然這麼回答，但是她害怕得雙腿發軟，一步也踏不出去。

火槍手從窗下跑過去了。

「我們從院子逃走吧！」

米萊迪拉著波那瑟夫人的手，像拖著她似的拉她逃跑。可是，才跑不到兩步，波那瑟夫人就雙腿一軟，跪倒在地上。

米萊迪想要把波那瑟夫人抱起來，但是並沒有她想像中容易。

「我走不了，您一個人逃命吧。」

「別這麼說，快、快點……」

這時候，米萊迪的眼中突然發出異樣的光芒。她跑到桌邊，打開戒指的蓋子，然後把戒指裡的某個東西放進波那瑟夫人的酒杯裡。

那是一顆紅色小藥丸，放進酒裡馬上就溶解了。

「來，喝下這杯酒，就有力氣了。」

話一說完，米萊迪就把酒杯抵著波那瑟夫人的嘴唇。夫人也很聽話的把那杯酒喝完了。

「本來我不想這麼報仇的，算了，沒辦法。」米萊迪喃喃自語，臉上浮現惡魔般的笑容。

然後，米萊迪迅速衝出房間。

波那瑟夫人沒辦法跟上去。她就像夢見被人追趕，想逃卻怎麼樣也逃不了。

過了一會兒，門口傳來長靴和馬刺的聲音。波那瑟夫人聽見有人叫她的聲音。沒錯，是達太安的聲音！夫人使盡力氣站起來，她驚喜的叫了一聲，然後奔向門口。

「達太安先生、達太安先生，我在這兒、我在這兒……」

火槍手衝進房間，夫人已經癱軟在地上，一動也不動了。

達太安跪在倒地不起的夫人面前，緊緊握住她的手。

「啊，終於見到妳了。」

「達太安先生，你真的遵守承諾，來這裡接我了。」

「是啊，這下子，我們終於又能在一起了！」

「她說了好幾次，說你不會來。可是，我的心裡還在等著你。我知道你一定會來的。啊，太好了，我好高興。」

「你說的她，是誰啊？」

「是一位很溫柔的朋友。她還一直為我擔心呢。她把你們當成黎塞留大人的侍衛，剛才逃走了。」
「她叫什麼名字？」
「她的名字是……等一等，我這是怎麼了，我的腦袋迷迷糊糊，眼睛也看不清楚了。」
「喂，你們快來。快點，快來幫忙。她的手好冰。啊！她暈過去了。」
阿拉密斯跑向桌子，想要倒一杯水，但是他突然停下腳步。
他看見阿多斯的眼神驚恐，直盯著桌子上的酒杯。
這時候，波那瑟夫人又睜開了眼睛。
「她醒過來了，快拿水，快拿水來。」
阿多斯不理會達太安的呼喊，扶起波那瑟夫人，並問她：
「那杯葡萄酒是誰喝的？」
「是我喝的。」
「那麼，是誰倒的酒？」

「是她。」

「她是誰？」

「啊，我終於想起來了。是溫特夫人。」

四個火槍手齊聲叫道：

「啊！是她！」其中，阿多斯的聲音特別尖銳，聽起來特別詭異。

這時候，波那瑟夫人的臉色突然有如透明一般慘白，呼吸也變得紊亂。

「達太安先生，達太安先生，請你永遠都不要離開我。」

夫人的靈魂，就隨著最後一聲嘆息，升到天國去了。

達太安流下男兒淚，然後也跟著暈了過去，癱倒在夫人冰冷的身體旁邊。

與大夥認識至今還不曾哭過的波爾托斯也流下眼淚，阿拉密斯悔恨的揮著拳，阿多斯則在胸口畫十字。

惡魔死亡

這時候，房門口出現了一個人。

他的臉色慘白，望了望四周的狀況。

「唉，我來晚了，果然跟我想的一樣。」男子喃喃自語。

阿多斯一行人全都嚇了一跳，紛紛轉頭看著那人。接著，男子說：

「是我，那個惡魔的大伯，溫特男爵。」

三個人都驚呼一聲。阿多斯站起來，向男爵伸出手。

「歡迎你。你是我們的夥伴。」

溫特男爵從英國一路追著米萊迪到這裡。他在途中跟丟了米萊迪的時候，正好看見達太安他們騎馬過去，於是他就跟在他們後面來到這裡。

「果然還是晚了一步。真可憐，這兩個人都死了嗎？」溫特男爵非常懊悔。

「達太安只是昏了過去。」

「真是不幸中的大幸。」

正當他們在交談之際，達太安醒過來了。然後，他顯得有些精神錯亂，緊緊依偎在波那瑟夫人的屍體上。

阿多斯過去把達太安扶起來。

「喂，要像個男子漢！女人可以為死者流淚，男人可一定要為死者報仇！」

「你說得對，我一定要為她報仇！」達太安憤恨的大喊。

那天晚上，阿多斯回到旅館之後對達太安說：

「把你今天拿到的那張紙條給我看看。我記得，上面寫著一個地名。」

「原來如此，寫下那個地名的，是那個女人？」

「沒錯。」

阿多斯請旅館老闆拿來地圖，查看前往阿爾芒蒂耶爾的路線。

阿多斯知道有四條路可以到阿爾芒蒂耶爾之後，便把布朗歇、格里莫、木斯克東、巴贊這四名隨從叫來。他命令他們隔天早上各循著一條路，前往阿爾芒蒂耶爾。

之後，阿多斯沒有對任何人說他要去哪裡，便一個人出了旅館。然後，過了一段時間，他又回來了。

隔天早上，四名隨從當中最機靈的布朗歇，沿著那輛匆忙逃走的馬車輪印出發，好不容易，他找到米萊迪的藏身之處。

布朗歇立刻回來向阿多斯報告，這段時間由其他隨從繼續監視米萊迪。

晚上八點，阿多斯叫大夥把馬鞍掛上馬背。然後，他自己先出去，帶了一個人過來。前一天，阿多斯就是出去找這個人。

這名男子不僅蒙著面，還用紅色披風緊緊裹住身體。

到了九點，由布朗歇帶路，一行人就出發了。天色一片漆黑，看來要變天了。大片烏雲在天空飄動，遮住了星光。月亮要等到午夜才升上來。

遠方的地平線不時出現閃電，只有這時候，才能依稀看見這條白茫茫、空蕩蕩的道路。

溫特男爵和波爾托斯、阿拉密斯，一路上試著和那個身披紅色披風的男子搭話。可是，不管他們問他什麼，男子總是低著頭不回答。

過了一會兒，天空開始雷聲大作，強風吹得帽子上的羽毛裝飾啪啪作響。不久，便下起傾盆大雨。

忽然間，有一個人從道路邊的樹陰下竄出來。

原來是格里莫。接著，就由他走在前面帶路。在一道閃電的光線中，格里莫舉起手，指向一間獨棟的小房子。

房子距離利斯河的渡船場，大約有一百步遠。

有一扇窗戶透著燈光。木斯克東和巴贊監視著那扇窗和門口。

阿多斯下了馬，他向夥伴打了手勢，讓他們繞到門口去，他自己則跨過矮樹圍籬，慢慢靠近窗邊。

他往屋裡窺視，有一名裹著深色披風的女子坐在椅子上，旁邊是一盞快要熄滅的燈火。

是米萊迪！

阿多斯的嘴角掠過冷冷的微笑。

這時候，馬兒忽然嘶鳴一聲。米萊迪驚訝的抬起頭，望向窗外，隔著玻璃窗看見阿多斯那張蒼白的臉。

「啊！」米萊迪低呼一聲，隨即站了起來。

阿多斯打破窗戶，縱身跳進房間。

米萊迪跑到門口，打開房門想要逃跑。沒想到，達太安已經守在門口了，他的表情比阿多斯更可怕。

米萊迪發出尖叫聲，又往後退。達太安拔出腰帶裡的手槍，卻被阿多斯制止。

「等等！把槍收回去。殺了這個女人之前，必須先審判她。好了，大夥都進來吧。」

阿多斯的聲音裡，散發出宛如法官的威嚴。達太安進了房子之後，波爾托斯、阿拉密斯、溫特男爵，還有身披紅色披風的男子也跟著進來了。

米萊迪看見溫特男爵，不禁大吃一驚。

「唔，連男爵都……你們到底要做什麼？」

阿多斯狠狠瞪著米萊迪，對她說：

「我們在找一個人，她的本名叫作夏洛特．貝克松，曾經自稱為安娜．布埃，後來她成為拉費爾伯爵夫人，接著到了英國，她又成了溫特夫人，法國人則叫她米萊迪。」

「所以，你們想怎麼樣？」

米萊迪的聲音、身體，都害怕得直發抖。

「從現在開始，我們要審判妳。如果妳能替自己辯護，就盡量解釋吧。達太安，由你先開始。」

達太安向前一步。

「我要在上帝和眾人面前控告她。第一，毒殺波那瑟夫人的罪！」

「我們作證，確有其事。」波爾托斯和阿拉密斯異口同聲的說。

「第二，她派人送來偽造信，又送葡萄酒到拉羅歇爾，想毒殺我，最後是可憐的布里斯蒙替我送命了。」

「我們作證，確有其事。」波爾托斯和阿拉密斯再度異口同聲的說。

接著，換溫特男爵站在米萊迪面前。

「我要在上帝和眾人面前控告她。首先，是派人暗殺白金漢公爵的罪。」

「什麼，白金漢公爵被暗殺了？」

大夥都驚訝的叫了起來。

「這還不只。我弟弟指定妳當繼承人，但是他死的時候，全身的皮膚都出現藍色斑點。妳的丈夫，究竟是怎麼死的？」

米萊迪雙手掩面，低頭不語。

「根據以上的罪名，我要求對妳行刑。如果沒有人替我執行，我會親自動手。」

男爵嚴厲的口吻說。

最後，輪到阿多斯了。

「我在這個女人還是少女時便愛上她，不顧家人的反對，跟她結了婚。可是，有一天，我發現這個她的左肩膀上，有百合花的烙印。」

這時候，米萊迪突然站起來。

「那真是莫須有的罪名。我若真是罪人，倒想見見那位審判我的法官呢。」

「不要吵。讓我來回答吧。」這時候，身披紅色披風的男子走上前來。

「這個人是誰？他是誰？」

米萊迪大聲叫道，眼前的恐懼讓她喘不過氣來。

大家的目光都投向那人。

男子走到米萊迪旁邊，摘下面具。面具底下，出現一張黑色頭髮和落腮鬍圍著，冷若冰霜的蒼白臉龐。

米萊迪注視著那張臉好一會兒，然後她猛然向後退，直到背部緊緊貼著牆。

「啊！是他！不、不對，不是他。他是惡魔、是妖怪！」米萊迪嘶吼著。

「你到底是誰啊？」阿多斯以外的人齊聲問道。

「你們問問這個女人吧。看來，她已經想起我了。」

米萊迪的雙手仍然緊貼著牆壁，然後大聲哀求：

「**里爾**城的法警。噢！饒命啊！」

米萊迪雙腿一軟，便跪倒在地上。

接著，身披紅色披風的男子說：

「她說的沒錯，我是里爾城的法警，請你們先聽聽我的經歷吧。」

於是，男子說了下面這段故事。

這名男子有一個弟弟，是一位信仰虔誠的修士。那時候，米萊迪是某間修道院的修女，但是她誘惑了修士

里爾

位於巴黎北邊約兩百二十公里，靠近比利時，北法（法蘭德斯地區）的主要都市。這裡除了十二世紀以來的紡織工業之外，現在還有機械、鋼鐵、化學工業興盛。里爾和其周邊的都市，是法國工業地區的重心。（參閱卷首地圖）

弟弟，並唆使他偷走修道院的聖器，兩人一起從修道院逃走。然而，米萊迪雖然順利脫逃，但是修士弟弟被抓到了，並且為此坐牢十年。於是，這位法警就必須對自己的弟弟烙下罪人的烙印。

之後，這名法警哥哥四處尋找米萊迪的下落，也終於抓住米萊迪，在她肩膀上烙下和弟弟身上同樣的烙印。

可是，不知情的弟弟越獄逃走，哥哥被認為是同謀，必須代替弟弟坐牢，直到弟弟回來自首為止。

不久之後，米萊迪和拉費爾伯爵結婚了。得知消息的弟弟過度悲傷，終於回來自首歸案。於是，代替弟弟坐牢的哥哥被釋放了，但就在那天晚上，弟弟便在地牢裡上吊自殺了。

故事說完之後，男子說：

「根據以上我說的罪名，我要控告這個女人。」

「達太安，你要求對這個女人判什麼刑？」阿多斯問。

「**死刑！**」

「溫特男爵，你呢？」

「死刑！」

「波爾托斯和阿拉密斯呢？」

「死刑！」

米萊迪發出淒厲的慘叫聲。阿多斯高高舉起右手。

「夏洛特．貝克松，如果妳還懂得一些禱告文，就開始念吧，妳已被宣判死刑了！」

米萊迪霍然站起來，她本來想說些什麼，但是連說話的力氣都沒有了。

外頭的暴風雨已經停了，天空掛著如鐮刀般的新月。

在月光下，里爾的法警執行了米萊迪的死刑。

死刑

指奪取罪犯性命的刑罰。以前執行死刑的方法有絞刑（勒脖子）、斬首（砍脖子）、火刑等。米萊迪最後是被斬首了。

火槍手隊副隊長

白金漢公爵遭人暗殺的消息，讓整個巴黎城沸沸揚揚。國王滿心歡喜，王后卻是怎麼樣也不願相信這是事實。

不過，當波爾特帶著公爵的遺物回來時，王后也不得不相信了。

這一天，國王終於要返回拉羅歇爾的營地了。四位火槍手也陪著國王一起回去。可是，四人都若有所思，一路上悶悶不樂。

到了途中的某一個小鎮之後，四人來到一家冷清的酒館。他們也不喝酒，只是圍坐在一起。

有一天，四人一如往常的來到酒館，圍著一張桌子坐下。這時候，有一名男子騎著馬，從拉羅歇爾的方向飛奔而來，他往店裡張望一眼。

「咦，坐在裡面的不是達太安先生嗎？」

出聲音的人，正是達太安想忘也忘不了的人。自從達太安在默恩鎮見到他以來，又見過好幾次的陌生男子！

達太安立刻拔起劍，跑出店門口。對方這次不但不逃跑，反而翻身下了馬。

「好啊，終於讓我逮到你了。我不會再讓你逃走了。」達太安扯開嗓子說完，對方也說：

「你在說什麼，我根本不打算逃啊。別說逃了，我還是專程來找你的呢，我現在要以國王的名義逮捕你。好了，把你的劍交出來吧。」

這時候，阿多斯上前說道：

「你到底是什麼人？」

「我是羅什福爾伯爵，效忠於黎塞留樞機主教大人，奉命把達太安先生帶去見樞機主教大人。」

「請讓我們帶達太安去吧。我以親衛火槍手的名譽向你擔保，達太安也不是會中途逃跑的膽小鬼。」

羅什福爾伯爵迅速望了望四周。波爾托斯和阿拉密斯已經做好隨時拔劍的準備，他若是以一打四，實在沒有勝算。

羅什福爾伯爵決定交給阿多斯處理。三位火槍手帶著達太安來到黎塞留樞機主教在營地的本部，然後目送他進去。

「我們在這裡等你！」三人故意用黎塞留樞機主教聽得見的聲量說。

達太安進了本部，站在黎塞留樞機主教面前。

「你犯下的罪，是和敵人串通、背叛法國國王的叛國罪。」

不過，達太安非常冷靜的回答：

「向您控告我的，是那個犯了罪、肩膀上有烙印，在英國毒殺丈夫，還想毒死我的女人吧。」

「你說的到底是誰啊？」

「就是溫特夫人，也叫作米萊迪。大人，雖然您很信任她，但想必您並不知道，她犯了這些罪吧。」
「如果她真的犯下你所說的罪行，她就必須受到應有的懲罰。」
「她已經受到懲罰了。」
「什麼！誰給她的懲罰？」
「我們給的！」
「你們把她關在哪裡？」
「她已經死了。」
「死了？她死了？」
黎塞留樞機主教一副不可置信的表情。
「那個女人企圖殺害我多達三次，我都饒過她了。沒想到，她連我心愛的人都殺了。所以我和我的朋友抓住她、審判她，然後對她處以死刑。」
「這麼說來，你們就是私自審判犯人，那可是殺人罪啊。」
黎塞留樞機主教接著說：

「你是個勇敢的人，我這麼說，想必嚇不倒你。不過，你必須接受審判，接受嚴厲的懲罰。」

「如果換作其他人，他們也許會說，他們有大人發的許可證，做任何事都不會被問罪。不過，我不是這種人。我只向您清清楚楚的說一句話。大人，我做好心理準備了。」

「什麼，你有許可證？」

黎塞留樞機主教歪著頭，不知道達太安指的是什麼。

「是的，請您過目。請大人親眼確認這張許可證的真偽。」

達太安說完便拿出一張紙條，就是阿多斯從米萊迪手上搶來的那張紙條。

黎塞留樞機主教接過紙條，看了一眼。

這張紙條的持有者無論從事任何行動，都是奉我的命令。

一六二七年十二月三日　黎塞留

黎塞留樞機主教陷入沉思，過了一會兒，他抬起頭凝視著達太安。這個不怕死的年輕人臉上，清清楚楚的浮現出失去心愛女子的悲傷。那份深沉的悲慟，打動了樞機主教冷若冰霜的心。

再說，米萊迪雖然忠心耿耿，但她也是個危險的人，她那副如惡魔般的心腸好幾次都讓主教感到心裡發毛。現在她死了，主教的心情反而輕鬆許多。

樞機主教把他手上的許可證撕碎了。

然後，他走到桌子前，在一張羊皮紙上寫了幾行字，再蓋上印章。

「看來，主教是要判我刑了吧，就判死刑也無所謂，與其被關進巴士底監獄無聊度日，或是冗長的官司令人厭煩，還不如直接在脖子上砍一刀讓我解脫。」

達太安心裡正這麼想，忽然，他聽見樞機主教說：

「這張公文你拿去吧。剛才那張許可證換成這張給你。我還沒寫上公文要給誰，你隨意填上就行了。」

達太安接過那張羊皮紙，迅速看過一眼。

沒想到，那是一張親衛火槍隊副隊長的任命書。

達太安立刻跪在黎塞留樞機主教面前。

「大人，我沒有資格接受您這番好意。我有三位朋友，他們才有資格。」

「唉，你這年輕人，總是先想到朋友。」樞機主教拍了拍達太安的肩膀。

「這張任命書，你高興怎麼用就怎麼用。可是希望你不要忘記，雖然我沒有填上名字，但我是專留給你的。」

「我絕對不會忘記，大人。」

黎塞留樞機主教轉過身去，大聲呼喚：

「羅什福爾！」

羅什福爾伯爵立刻走了進來。

「羅什福爾，我決定跟這位達太安交朋友了，你們兩個握手言和吧。還有，你們要是珍惜生命的話，以後就給我老老實實的，別再打架了。」

兩人握手言和之後，同時走出房間。

「以後，還能跟你交手嗎？」羅什福爾伯爵說。

「隨時奉陪。」達太安笑嘻嘻的回答。

「你們在這裡說什麼？」黎塞留樞機主教打開房門問道。

「不、沒什麼。」兩人相視而笑，握手道別。

阿多斯他們在外面等得不耐煩了。

「我都快擔心死了。」阿多斯說。

「我回來了，不但沒事，還受到特別的寵信呢。」

「哦，有這種事？快說來聽聽。」

「好啊，今天晚上就告訴你們。」

當天晚上，達太安馬上去找阿多斯。阿多斯正大口喝著葡萄酒。達太安對阿多斯詳細說了他和黎塞留樞機主教見面的經過。

然後，他從口袋裡拿出火槍隊副隊長的任命書，他想讓阿多斯接下這個位置。

「阿多斯，你收下吧，這應當是屬於你的。」

阿多斯和藹的笑了，他說：

「這位置對我來說太高了。再怎麼想，這位置都是屬於你的。你仔細想想，你可是比我們犧牲了更多，還差點丟了命啊！」

達太安說服不了阿多斯，只好又去找波爾托斯。波爾托斯穿著一件有華麗刺繡的衣服，正在照鏡子。

「喲，是達太安啊。這件衣服怎麼樣，適合我嗎？」

「非常適合，不過，我要推薦你一件更適合你的衣服。」

「什麼衣服？」

「火槍隊副隊長的制服。」

達太安向波爾托斯說明原委，並拿出任命書給他看。接著，達太安說：

「你在上面填上你的名字吧。」

波爾托斯看了任命書一眼，又馬上退還給達太安。

「唔，這的確是難得的好機會。不過，我剛決定要結婚了，所以沒辦法擔任這麼重要的職位。對了，這件就是我婚禮要穿的衣服。怎麼樣，很帥氣吧。這張任命書，你還是自己留著吧。」

達太安抱著最後的希望去找阿拉密斯。

阿拉密斯的額頭按在**祈禱書**上，正跪在**祈禱台**前禱告。

達太安對阿拉密斯說了和主教見面的情況，然後請他一定要接下副隊長的職位。

「雖然這是個難得的機會，但是自從米萊迪事件以來，我已經厭倦動刀動槍的生活了。我之前就考慮過要辭職，後來我更是下定決心戰爭結束後，就要進修道院生活。這張任命書你就自己留著吧，火槍手的生活最適合你，將來，你一定會成為出色的火槍隊隊長。」

大家溫暖的友情，讓達太安深受感動。他含著眼淚

祈禱書
基督教裡，寫著禱告文或儀式順序等內容的書。

祈禱台
基督教裡，信徒跪著禱告的時候，把自己的膝蓋、手肘靠在上面的台子。

回去找阿多斯。

阿多斯依然獨自喝著葡萄酒。

「不行啊，他們都拒絕我了。」

「這就是說，你最適合這個位置了。」

阿多斯說著，就拿起一枝筆，在任命書上填了達太安的名字。

兩行男兒淚，從達太安的臉頰滑落。那是他對大家的友情表達感謝，也是朋友即將離他遠去而感到落寞的眼淚。

「為什麼，我覺得你們好像要離開我了，跟你們在一起度過的快樂日子好像就要消失，只剩下痛苦的回憶了。」

達太安雙手抱著頭，難過的說著。

看見達太安這麼傷心，阿多斯在一旁給他溫暖的鼓勵。

「你還年輕，你的痛苦，之後就會變成難忘的回憶。別哭了，振作起來！」

故事進入尾聲。

由於白金漢公爵已死，英國的艦隊和支援的軍隊都不再進駐拉羅歇爾了。一年之後，拉羅歇爾就投降了。

接著，國王回到巴黎。這場戰爭明明是討伐同為法國人的反叛人士，但巴黎市民卻有如打贏敵國般，歡欣迎接國王凱旋歸來。

達太安接下了火槍隊副隊長這項新的職務。然後，他不顧黎塞留樞機主教的阻止，跟羅什福爾伯爵對決了三次。達太安三次都刺傷了對方。

「再有下一次，你恐怕就要死在我的劍下了。」達太安說著，便伸出手把對方扶起來。受了傷的羅什福爾伯爵說：

「我們就此罷手吧，這樣對你我都有好處。這麼久以來，我們都是敵對關係，但其實我很欣賞你。」

於是，兩人盡釋前嫌，互相擁抱對方。

波爾托斯申請退伍。隔年，他就和有錢的寡婦結婚，生活非常幸福。

阿拉密斯也退伍了，有好一段時間沒有他的消息。據很瞭解他的謝弗勒茲夫人所說，他進了**南錫**的修道院。

阿多斯在那之後又服役了三年。但是後來，他申請退伍，買了一小塊土地過生活，隨從格里莫也跟著主人一起離開。

達太安的隨從布朗歇在羅什福爾伯爵的提拔下，成為黎塞留樞機主教侍衛隊的中士。

波爾托斯的隨從木斯克東，從頭到腳都跟喜歡往外跑的主人很像。他穿上主人送的華麗衣服，坐在豪華馬車後面，實現了長年的夢想，他看起來意氣風發。

波那瑟根本不知道妻子後來怎麼了，他也不是很在意，就這麼悠閒的過日子。有一天，他去向黎塞留樞機

南錫

位於法國東北部（洛林地區）的主要都市。它位於巴黎東邊約三百公里處，現在以世界性的鐵礦生產中心聞名，製鐵、機械、紡織、玻璃工業興盛。此外，這裡也保存了許多十五世紀到十六世紀的古老建築。（參考卷首地圖）

主教請安。黎塞留樞機主教答應他，要讓他將來不愁吃穿。

然後，從那一天起，波那瑟就從巴黎消失了。據某個消息靈通的人說波那瑟從慷慨的黎塞留樞機主教那裡獲得一大筆錢，在某一座氣派的城堡裡度過餘生。

（完）

《三劍客》很值得聊聊，我保證長話短說

我不確定你為什麼會從一大堆書裡頭挑出這本《三劍客》——或許是因為你看過這個故事的某部改編電影、聽過相關情節、覺得叫這書名的故事應該緊張刺激，或者單純是為了交作業——無論是為了什麼，我都希望你讀完之後，覺得這個故事很有趣。

「有趣」是我認為好故事該有的基本條件。「有趣」不代表「好笑」，而是代表故事一直出現讓你想要知道後續發展的情節、意料之外的變化，合理卻又難以預測，而且閱讀時或讀完後，你會開始思考一些事情。

這是好故事的劇情會提供的東西。而「經典」能夠提供的，不僅如此。

例如你會在《三劍客》裡發現：故事中的反派角色，其實是宗教團體的神職人員，而這個神職人員居然打算引發兩國之間的戰爭。

無論是古是今，大多數宗教都有良善的宗旨；但《三劍客》會讓你認知：其實獻身宗教的神職人員，講的話不一定是對的、好的，他們不但會有自己的算計，甚至不見得能算是「好人」。接著，你會多留意目前的世界，察覺這種狀況不只出現在古早的故事當中，現今社會仍然隨處可見，無論在外國，還是在台灣；你會因此對神職人員的話語多點檢視，不完全照單全收，而養成獨立思考、不人云亦云的習慣，絕對是生活在資訊爆炸的民主社會中必要的課題。

例如你會在《三劍客》裡發現：故事中的婚姻和愛情，似乎完全是兩回事，不只貴族如此，平民也是如此。

無論你有沒有心儀的對象、有沒有談過戀愛，都會擁有對愛情或婚姻的想像；但《三劍客》會讓你重新思考：愛情與婚姻必須肩負的責任不完全一致，而在平權意識逐漸普及的現在，沒有明確規範的愛情與訂定法律制度的婚姻，樣貌也持續變化。在這些關係中的許多對與不對，都不見得絕對，需要你仔細想想。

例如你會在《三劍客》裡發現：故事裡的主角，倘若一開始不要那麼冒冒失失地和其他角色互嗆，或許就不會開展整個故事。

無論哪個年代，一個人進入新環境的初始，採取什麼姿態、遇上什麼對象，與這個人在那個環境中的後續發展密切相關。當然，你會明白：《三劍客》是個故事，主角們很快就會因互嗆而結盟，但現實生活中一開始就四處樹敵大致不會是什麼好策略；或許，你會進一步看見，「衝突」其實是推進故事情節的動力之一，整個《三劍客》的劇情就是由「遇上衝突，所以朝某個方向前進，再遇上另一個衝突，所以轉向前進……最後解決所有衝突」的方式構成的，而事實上，大多數的故事也是如此。

倘若你繼續分析故事是怎麼成形的、把元素一一拆解再重組，那麼你未來或許會和我一樣，愛上「寫故事」這件事。或者你會對當時的法國、甚或整個歐洲的狀況產生好奇，想要弄清楚政治、宗教，以及相關制度的真相，那麼你就會增加許多知識，對自己生活的社會多點洞察的眼光。

又或者，你會發覺閱讀實在是件有趣的事，讀了一個故事，但讀的居然不只有故事，那麼你就會養成閱讀的習慣，並且經由閱讀，更加了解世界，以及自己。

說完了。現在，你該去找下一本書。

如果不確定該讀什麼，或許可以試試未經改寫的《三劍客》。

【作者簡介】

臥斧

臥斧，雄性。唸醫學工程但是在出版相關行業打滾。想做的事情很多。能睡覺的時間很少。工作時數很長。錢包很薄。覺得書店唱片行電影院很可怕。隻身犯險的次數很頻繁。出版《舌行家族》、《碎夢大道》、《硬漢有時軟軟的》、《抵達夢土通知我》、《FIX》、《螞蟻上樹》等十多本書。喜歡說故事。討厭自我介紹

這套世界文學包含了多元的文化與各地不同的風景與習俗，當你徜徉在《三劍客》故事情節中時，是否也運用了你敏銳的觀察力，發現哪些是與自己的生活很不一樣的地方呢？以下幾個問題將幫助你試著發表自己的心得或感想。現在就讓我們穿越文字的任意門，一起開始這趟充滿勇氣、信心與感動的旅程吧！

問題1 三劍客故事中，主角是誰？他與三劍客是如何成為朋友？你是否也有過很特別的交朋友經驗？

問題2 三劍客與主角達太安四人的個性大不相同，想想看他們分別有著怎樣特質？

問題3 「烘托」是一種不直接描述主題，而是先敘述旁邊的景物來使主題更鮮明的修辭法，這樣的寫法可以突出真正的主角，你覺得本文作者是如何使用這種修辭法？

問題4 本書中充滿了各方高手，有善於謀略的黎塞留樞機教人，愛情至上的白金漢公爵，冷靜穩重的阿多斯……你最喜歡書中哪一個人物，說說看為什麼？

問題5 《三劍客》是部取材自歷史而寫成的小說，書中有哪些事件或人物是真實存在的？與歷史上所記載的又有何不同之處？

日文版譯者

新庄嘉章

早稻田文學部教授，同時也是重要的法國文學翻譯家。

中文版譯者

黃育朋

政治大學心理系畢業。通過日語檢定N1，文化大學推廣部日文筆譯班課程修畢。曾任職於日商公司、翻譯公司，譯過各類文件手冊。目前為專職接案譯者。

封面繪圖：Lynette Lin

封面設計：倪龐德

彩頁繪製：楊筑珺

地圖與註解小圖繪製：小威

國家圖書館出版品預行編目（CIP）資料

三劍客／大仲馬作；黃育朋譯. -- 初版.
-- 新北市：木馬文化出版：遠足文化發行，
民 108.09
面； 公分
ISBN 978-986-359-716-2（平裝）

876.59 108014316

三劍客

三銃士

原著作者：大仲馬（Alexandre Dumas）
＊日文版由新庄嘉章譯自法文
譯　　者：黃育朋

副社長：陳瀅如
總編輯：戴偉傑
責任編輯：王淑儀

出　　版：木馬文化事業股份有限公司
發　　行：遠足文化事業股份有限公司（讀書共和國出版集團）
地　　址：231 新北市新店區民權路 108-2 號 9 樓
電　　話：(02)2218-1417　　傳　　真：(02)2218-0727
Email：service@bookrep.com.tw
郵撥帳號：19588272 木馬文化事業股份有限公司
客服專線：0800221029
法律顧問：華洋法律事務所　蘇文生律師
內頁排版：中原造像股份有限公司
印　　刷：中原造像股份有限公司
小木馬悅讀遊樂園：http://www.facebook.com/ecuschildren

初　　版：2019 年 9 月
二　　刷：2024 年 5 月
定　　價：350 元
ISBN：978-986-359-716-2

21 SEIKI-BAN SHOUNEN SHOUJO SEKAIBUNGAKU-KAN [18]
《SAN JUU SHI》